◆◆ 中国文学名家散文精选丛书

诗酒山川

阿滢　著

江西高校出版社
JIANGXI UNIVERSITIES AND COLLEGES PRESS

南　昌

图书在版编目（CIP）数据

诗酒山川 / 阿滢著 . -- 南昌：江西高校出版社，
2025.6. --（中国文学名家散文精选丛书）. -- ISBN
978-7-5762-5711-3

Ⅰ . I267

中国国家版本馆 CIP 数据核字第 202594UA82 号

责 任 编 辑　丁文勇
装 帧 设 计　夏梓郡

出 版 发 行　江西高校出版社
社　　　　址　江西省南昌市新建区工业二路 508 号
邮 政 编 码　330100
总 编 室 电 话　0791-88504319
销 售 电 话　0791-88505090
网　　　　址　www.juacp.com
印　　　　刷　鸿鹄（唐山）印务有限公司
经　　　　销　全国新华书店
开　　　　本　650 mm×920 mm　1/16
印　　　　张　13
字　　　　数　160 千字
版　　　　次　2025 年 6 月第 1 版
印　　　　次　2025 年 6 月第 1 次印刷
书　　　　号　ISBN 978-7-5762-5711-3
定　　　　价　58.00 元

赣版权登字 -07-2025-35

序：一路风景

回首往事，发现自己的人生词典里有一个重要的关键词——行走。

我的行走可分为精神行走和实际行走，这两种行走，都是从我幼年时期开始的。出生在校园里的我，注定了与书之缘。小画书是开启我精神行走的钥匙，《学军的故事》《小英雄雨来》带我认识了外面的世界。三年级时，我读了第一部长篇小说《战地红缨》，从此一发而不可收，被书迷得一塌糊涂，从《烈火金钢》《大刀记》《煤城怒火》《野火春风斗古城》《红楼梦》，到《钢铁是怎样练成的》《安娜·卡列尼娜》《复活》《忏悔录》……大部分的课外时间，都沉浸在令人陶醉的精神世界里。工作后，开始了满世界地淘书，从一开始的三层小书架，继而书橱，到满室藏书，到一座专门放书的两层小楼，再到荣获国家新闻出版署颁发的全国"书香之家"称号，读书也让我渐渐地把爱好变成了职业，从读书，到写书、编书，再到办报，办杂志，出版琅嬛文库、琅嬛书系、《十二家》系列等书。这大半生一直在这精神世界里行走着、前进着。

幼年时期，母亲用一个木制的四轮童车推着我，沿着蒙馆公路去几十里外的姥娘家。那时的童车，在中间有三块木板，两头的木板是固定的，中间的木板是活的，平放在一起，童车就可以当做小床，把中间的木板放在上面，就变成了小桌，两边可对坐两个小朋友。这种童车在二十世纪六七十年代是非常时髦的，现在，木制童车早已被新式童车取代，如果有留存的话也成了"古董"。当时没有公交车，更没有出租车，母亲只能推着我去姥娘家，我坐在童车上，兴奋地看着沿途的风景，数算着经过了多少个村庄，多少条铁路。母亲的四轮童车开启了我最早的实际行走。

参加工作后，便利用出差之便，去泰安逛岱庙，去济南看黄河、大明湖、趵突泉，爬千佛山。每次行走都收获满满，开阔了视野，洞察世间百态，理解生活的多元和复杂。第一次远行是在一九八六年，我向单位请了半月的假，瞒着家人，先坐火车，再换汽车，用了四天时间，来到数千里之外的吉林延边。看望了读了我的文章后一直鱼雁往还的红颜知己。这次千里之行，不仅饱赏了沿途的风光，领略了延边朝鲜族自治州的异乡风情，还有更大的收获：半年之后，这位延边姑娘便翩然而至，成为我的妻子，正应了"书中自有颜如玉"的老话。

之后的行走，成为生活常态。或参加会议，或友人邀请，总之，利用一切机会行走，每次的行走都有三个主题——访友、访书、访名胜。全国各地的许多名家耆宿的书房都留下了我的足迹。在各地的旧书市场流连忘返，淘到的大包书每每快递回家。与师友把酒言欢，游历名山大川，领略瑰丽景色，追寻自然之美，感受大自然的磅礴力量。拜谒名刹古寺，感悟人生哲理，寻找内心宁静，反思人生意义。

我崇敬的大藏书家姜德明先生曾说，他在家时写书话，外出时写游记。姜德明先生也是两种行走。其实，我一直在效仿先生，纸上行走，读书，写书话；实际行走，写游记。

生命不息，行走不止。这两种行走会一直进行下去！

是为序！

二〇二四年九月十一日于琅嬛书院

目 录
CONTENTS

第一辑
探古访幽

访朱自清故居 002

拜谒施耐庵墓 007

访问郑板桥 010

兴化古巷 013

走进南浔 016

走进海源阁 020

古运河畔访孟真 025

访古朱家峪 029

造访三叠纪 034

拜谒缘缘堂 038

拜望徐志摩 042

第二辑
山水青音

连云港纪行 048

城市之肺下渚湖 053

春上浮来山　　　　　　　056

踏春九间棚　　　　　　　059

走过乌镇　　　　　　　　063

漫步新市古镇　　　　　　066

昆山，一个时代的文化符号　069

畅游荡口古镇　　　　　　073

朝拜灵山大佛　　　　　　075

第三辑
浮光掠影

走进达茂草原　　　　　　078

探访敖伦苏木古城　　　　082

畅游天津古文化街　　　　085

寻访天津名人故居　　　　089

山海关，　　　　　　　　093

陈圆圆曾住过王家大院　　093

北戴河，　　　　　　　　095

与猛兽亲密接触　　　　　095

承德，拜谒魁星楼　　　　098

闲走避暑山庄　　　　　　100

第四辑
书香旅行

探访千乘楼 104

姑苏书香行 109

东北漫行 120

美丽大皿行 136

桂花飘香走建德 143

游西塘：梦里水乡，古韵悠扬 159

郑州行记 163

八闽书香行 172

走成都，访故友 181

浙东访学之旅——海上读书会散记 187

第一辑

探古访幽

访朱自清故居

一个秋高气爽之日，我踏上了去扬州的旅途。尽管瘦西湖畔已不见桃红柳绿，琼花也早已孕育出红彤彤的果实，但古老的扬州城仍散发出一种迷人的魅力，难怪使得李白、杜甫、白居易、苏东坡、欧阳修等流连于此，寻幽探胜，写下了许多瑰丽的诗篇。

我到扬州有一个愿望，就是带着朝圣般的心情去拜谒朱自清故居。当我打的前往时，司机竟不知朱自清故居在哪儿，问了几个人都不知道，心里不禁生出一阵悲凉。出租车转了大半个城区也未找到，后来，一位老人听说我在找朱自清故居，主动告诉了我具体位置。出租车进不去，又租了一辆人力三轮车带我前往。三轮车在不足两米宽的巷子里拐来拐去，半天才在安乐巷二十七号找到了朱自清故居。

朱自清故居门朝东，进门向北开一八角门，一极小的院子，有客房两间，是朱自清的住处，内有条几、太师椅、书柜。当年那柜里一定藏有不少好书。朱自清在中学读书时，家里每月给他一元零花钱，他大部分都在一家广益书局买了书。到北京上大学时，也常到琉璃厂淘书，一次他看到一部《韦伯斯特大辞典》，定价十四元，对一个学生来说不是一个小数目。他心里老挂念着那书，踌躇了许久，最后咬咬牙把结婚时父亲为他做的一件皮大氅送进当铺，拿到钱后马上赶到书店，买回了那部《韦伯斯特大辞典》，而那件浸透着父爱的大氅最终也没有赎回来。他每到一处必去访书，在英国留学时，走遍了伦敦大大小小的书店，他还曾写有《三家书店》一文，专门介绍了伦敦三家规模较大的书店，在谈到一家被伦敦的晨报称为"世界最大的旧书店"时写道："最值得流连的还是那间地下室，那儿有好多排书架子，地上还有东一堆西一堆的。刚进去，感觉好像掉在书海里，慢慢才找出道儿来。"能在这种书店里淘书，真是羡煞我等书虫。

内室窗前置有一桌，上有朱自清用过的笔、砚、笔架、墨盒等，桌上有一小牌注明此物由朱自清的儿子朱乔森捐赠。朱自清早期的一些作品就诞生在这儿。从雕花木床上的印花被可以看出朱自清生活的节俭，他在清华大学教书时，由于没钱买棉袍，便去买了一件马夫穿的毡披风，白天穿着为学生授课，晚上铺在床上当毯子。日后，这披风成了教授生活清贫的标志，多次被他的朋友写进文章里。

朱自清　生有过两次婚姻，一九一六年他考入北大预科后，当年寒假回扬州与名医之女武钟谦结婚。武钟谦属于中国传统式的典型的贤妻良母，与朱自清生活了十二年，生育了六个儿女，一九二九年患肺病去世。三年后经叶公超介绍，朱自清与齐白石的女弟子陈竹隐在上海结婚，茅盾、叶圣陶、丰子恺等人参加了婚礼。朱自清携新妇归来，亦住在这里。并写出了《给亡妇》一文，寄托了对武钟谦的思念之情。

此宅二道门内有一十几平方米的天井，布局为正室、东西厢房及南房。正室中堂挂有康有为的一副对联"开张天岸马，奇逸人中龙"，不知是否为康氏真迹。

东厢房是朱自清父母及两个女儿的卧室。提起他的父亲，不由得让人想起散文名篇《背影》。一九一七年冬，他的祖母去世，他随父回扬州奔丧，丧事完毕，与父亲同车至浦口车站分手。《背影》写的就是那次分别时的情景，那胖胖的身子穿过铁道，艰难地爬上月台的背影，时常浮现在读者眼前，不由得生出对父亲那种难以用语言表达的感恩之情。如果说朱自清的《荷塘月色》和《浆声灯影里的秦淮河》是美文的话，那《背影》就是散文中的极品了。《荷塘月色》多少有些做作，而《背影》全是口语化写作，达到了一种极高的境界。散文家林非说："《背影》用朴素和流畅的文字写出了一种异常真挚与至诚的情感，这又是谈何容易的事情。只要能够达到这一点，肯定就会长久地打动读者的心弦。"

西厢房是朱自清庶母的卧室，南房三间分别是儿子和佣人住处。正室开有后门，后院是后来建成的朱自清资料陈列馆，馆内有朱自清塑像、朱自清生平资料图片展板及部分朱自清的著作。

朱自清一八九八年生于江苏东海，原名自华，号秋实。后改名自清，字佩弦。祖父和父亲都做过县里的承审、盐务小吏。一九〇三年举家迁居扬州。一九二〇年从北京大学哲学系毕业后在江苏、浙江一带中学教书，是文学研究会的早期成员、中国新文学运动的开拓者之一。一九二二年和俞平伯等人创办《诗》月刊，一九二三年发表了长诗

《毁灭》，在当时的诗坛上产生了很大的影响。一九二五年八月到清华大学任教，创作出了《背影》《荷塘月色》等脍炙人口的名篇。一九三一年留学英国，漫游欧洲，回国后写成《欧游杂记》和《伦敦杂记》。一九四八年八月十二日，朱自清因病去世。朱自清英年早逝是中国文坛上的一大损失，郭绍虞、郑振铎、李长之等文化名人纷纷撰文追忆朱自清，上海的《文讯》月刊还专门出版了一期《朱自清追念特辑》。朱自清的夫人陈竹隐亲撰挽联："十七年患难夫妻，何期中道崩颓，撒手人寰成永诀；八九岁可怜儿女，岂意髫龄失恃，伤心此日恨长流。"尤为沉痛感人。

朱自清曾为他的母校江苏省立第八中学（今江苏省扬州中学）写过一首校歌："浩浩乎长江之涛，蜀岗之云，佳气蔚八中。人格健全，学术健全，相期自治与自动。欲求身手试豪雄，体育须兼重。人才教育今发煌，努力我八中。"他提倡人格健全，而且身体力行。他原名自华，取自苏东坡"腹有诗书气自华"；号秋实，取"春华秋实"之意；为了洁身自好，勉励自己不与他人同流合污，遂改名自清；字佩弦，借用韩非子"性缓，故佩弦以自急"，意在发愤图强。叶圣陶说："他毕生尽力的不出国文跟文学，他在学校里教的也是这些。'思不出其位'，一点一滴地做去，直到他倒下，从这里可以见到一个完美的人格"。

朱自清有著作二十七部，包括诗歌、散文、文艺批评、学术研究等。一九五三年，开明书店出版了四卷本《朱自清文集》；一九八八年至一九九八年，江苏教育出版社对朱自清著作又一次全面搜集、整理，出版了十二卷本《朱自清全集》。

尽管秋缘斋里庋藏有各种版本的朱自清著作，我还是从朱自清故居购买了一册二〇〇二年一月华夏版口袋本《荷塘月色》，并请工作人员盖上了"朱自清故居"纪念章。离开时，在门口拍了一张照片，把朱自清故居永远地摄进了我的记忆里。

二〇〇六年十月二十九日夜于秋缘斋

【原载 2007 年 1 月 15 日《中国审计报》】

　　《水浒传》的作者施耐庵是江苏兴化人，去兴化一定要去拜谒施耐庵墓。本来以为施耐庵墓在乡镇，距市区也就几十里路而已，没想到施耐庵墓所在的新垛镇距兴化市区竟然有一百多里。

　　车子驶出市区，路旁到处都是油绿，只是没有一朵油菜花了，油菜籽再有十几天就要收割。车子行驶一个多小时，来到了位于新垛镇施家桥村的施耐庵陵园，门口窗户上贴有一张纸条："今日有客来，请打电话×××（五分钟即到），请您准备好门票款再打电话。门票十元，谢谢合作！"由此可见游客不会太多，幸运的是，有一个人值班。

　　进了陵园大门，映入眼帘的是头戴方巾、身着宽袍、左手握卷、右手捋须的施耐庵汉白玉石雕像，遂与众友在施耐庵像前合影。陵园内一片荒芜，一派颓废景象，行人道上铺的立砖都已粉化，园内植物杂乱无序。偌大的陵园没有一个游人。施耐庵墓呈圆形土堆，碑曰"大文学家施耐庵先生之墓"。墓前一碑刻有赵朴初先生的《重修施耐庵墓记》："施耐庵墓始建于明初，兴化县抗日民主政府于一九四三年复修。中华人民共和国成立后，墓列为江苏省一级文物保护单位，一九八二年省人民政府拨款重修，爰书为志。"

施耐庵墓旁有一绿岛，一条小河环岛流过，人在高处俯视，却似狮子（施子）盘绣球，因而称为风水宝地。在施耐庵墓前拍了一些照片后，又来到施耐庵墓东侧的"施耐庵与水浒资料陈列室"，正中有施耐庵画像，配有对联"一部野史，千秋才人"。室内陈列有施氏家世表、施耐庵创作《水浒传》的情况资料，以及《水浒传》的各种版本资料。

据《施氏族谱》等有关资料记载，施耐庵，名彦端，系孔子门生七十二贤之一施之常后裔，三十六岁与刘伯温同榜中进士，授任钱塘县事，因受不了上司的骄横专断，一年后愤而辞官归里。据传，张士诚起义，在苏州称吴王，施耐庵表弟举荐他为军师，后张士诚降元，施耐庵弃官而去。后朱元璋讨伐张士诚，施耐庵便带家人及门生罗贯中来到四周环水的兴化避难，后购置房产，在这里隐居，创作《水浒传》。当初此处四周环水，芦苇茂密，《水浒传》中的八百里水泊就是据此创作而成的。

在这里流传着一个"跺断楼板饿煞狗"的故事，传说施耐庵住在芦苇荡中一座小木楼里创作《水浒传》，每当写到兴奋之时，就高兴地手舞足蹈，用脚连连跺击楼板。他家的小狗听到响声以为主人唤它喂食，就奔上楼，不见主人给它食物，只好下楼。一会儿，又听到跺击楼板声，它又跑了上来。就这样上下往返多次也没有得到食物。施耐庵写得精彩之处，猛一跺脚，楼板咔嚓一声断了。那狗也上来下去，下去上来，又累又饿最终死掉了。

看守陵园的是施家桥的施氏二十一世裔孙，奉施耐庵为始祖。他说，整个陵园只有两人管理。由于没有拨款，陵园一直荒芜着，每年只有一万元左右的门票收入根本不够修缮费用。

现在各地都在寻找旅游资源，放着这么好的资源而不知利用实在可惜。即使政府无资金投入，也可吸收民间资本。如果把施耐庵陵园重新规划修建，再加大宣传力度，做好施耐庵这一品牌文章，借助施耐庵和《水浒传》的名声打造一个集吃、住、玩于一体的景区，一定会有丰厚回报的。

《水浒传》是中国古代白话章回体长篇小说的开山之作。梁启超曾给予高度评价："《水浒》一书，为中国小说中铮铮者，遗武侠之模范，使社会受其余赐，实施耐庵之功也。"胡适也说："《水浒传》是一部奇书，在中国文学史上的地位比《左传》《史记》还要大得多。"自明嘉靖始，迄今《水浒传》在国内的版本有五十余种。许多国家都有《水浒传》的译本，日本的译本多达二十余种。这样一位功臣，他的墓地不该如此荒凉。

二〇〇九年五月十三日于秋缘斋

【原载 2009 年第 4 期《新泰文化》】

访问郑板桥

　　访问郑板桥是兴化之旅的重要内容之一。郑板桥陵园位于兴化市大垛镇管阮村，与施耐庵墓相比，郑板桥墓修建得显然比较气派。郑板桥墓坐北朝南，圆形墓廓。墓碑上"郑板桥之墓"五个大字为周而复题写。由墓向南有一条入园中轴通道，通向门楼。门楼前耸立一座三门牌坊，牌坊上额书"板桥陵园"四个大字。墓四周有波浪形围墙，墙的左右内侧嵌有板桥书画石刻八块。墓区松柏林立，翠竹丛生，绿树环绕。墓的西、北临河，建有护坡驳岸和栏杆。据说墓地是郑板桥生前亲自选定的，墓地是五条河汇聚地，人称五龙戏珠。一般说三条河汇聚地多，四条河汇聚地少，五条河汇聚地更是罕见。墓地东侧为"郑板桥陵园陈列室"，迎门正室挂有康有为弟子萧娴书写的对联："三绝诗书画，一官归去来"，费新我书"七步才子"匾。室内正中有郑板桥半身铜像，挂有复制的郑板桥书画作品及反映郑板桥生活场景的木雕作品等，西院有郑板桥书法碑廊。挂着"廉正阅览室"牌子的西厢房有铁将军把门，估计为迎接检查学习之用。郑板桥绝对不会想到百年之后他会成为廉政建设的宣传工具。

来到位于郑家巷的郑板桥故居，郑板桥故居面积很小，就是一般的清代民居，小门楼上有赵朴初题写的"郑板桥故居"的匾额，迎门是刘海粟题写的"郑燮故居"牌匾。院子极小，三间正房，中间会客厅，正中挂着徐渭自题居室的对联："水夕苍蚊残夏扇，河间红树早秋梨。"徐渭号青藤老人，郑板桥对他的作品赞叹不已，曾不惜以五十金换他画的一枝石榴，并刻一印曰"青藤门下走狗"以表示对徐渭的折服。两旁为卧室，与扬州的朱自清故居陈设大致相同。朝北南屋三间，门上方有郑板桥亲书"聊避风雨"四字，充分体现了郑板桥的俭朴思想。小书斋、厨房各一间。小书斋的匾额由郑板桥题写，多年前，我曾买过一幅"小书斋"的拓片挂在自己的书房，没想到郑板桥的小书斋竟是那样的小，大约十平方米的小房间，门外几丛翠竹，他在书房里便可透过窗纸，欣赏竹影，就像在欣赏一幅天然的图画。他曾说："凡吾画竹，无所师承，多得于纸窗粉壁日光月影中耳。"怪不得竹成了他的主要题材。小厨房在天井的西侧，六角小门，只有四五平方米大小。迎面是一副板桥体对联："白菜青盐粯子饭，瓦壶天水菊花茶。"

郑板桥到山东做官后，这旧宅便由嗣子郑田一家居住，郑板桥辞官后无处居住，就去找密友李鱓，李鱓乃将浮沤山馆书斋东边不远处几间楼阁式书屋划出让板桥居住。板桥入住其间，自题匾额"聊借一枝栖"悬于堂上。后来，李鱓又资助他在浮沤山馆北侧建成一栋园林式别墅。板桥将这里命名为"拥绿园"。拥绿园毁于战火，兴化市政府在郑板桥故居西侧仿原貌重建了拥绿园。

大凡名人都有传说，为表明郑板桥为官清廉，据传他辞官回家，"一肩明月，两袖清风"，唯携黄狗一条，兰花一盆。一夜，天冷，月黑，风大，雨密，板桥辗转不眠，时有小偷光顾。他想，如高声呼喊，万一小偷动手，自己无力对付，佯装熟睡，任他拿取，又不甘心。略一思考，翻身朝里，低声吟道："细雨蒙蒙夜沉沉，梁上君子进我门。"小偷闻声暗惊。继又闻："腹内诗书存千卷，床头金银无半文。"小偷心想，不偷也罢，转身出门。又听里面说："出门休惊黄尾犬。"小偷想，既有恶犬，何不逾墙而出。正欲上墙，又闻："越墙莫损兰花盆。"小偷一看，墙头果有兰花一盆，乃细心避开，足方着地，屋里又传出："天寒不及披衣送，趁着月黑赶豪门。"

传说总归是传说，一位做过县官的人，何况是可以用书画卖钱的书画家，还不至于如此寒酸。他曾自拟书画润格："大幅六两，中幅四两，小幅二两，书条对联一两，扇子斗方五钱。凡送礼物食物，总不如白银为妙。盖公之所送，未必弟之所好也。若送现银，则心中喜乐，书画皆佳。礼物既属纠缠，赊欠犹恐赖账。年老神疲，不能陪诸君子作无益语言也。"卖出几幅画就可相当于平民百姓全年的收入。

"衙斋卧听萧萧竹，疑是民间疾苦声。些小吾曹州县吏，一枝一叶总关情。""咬定青山不放松，立根原在破岩中。千磨万击还坚劲，任尔东西南北风。"郑板桥的这两首诗是他忧国忧民的最佳写照，表现出他刚正不阿、宁折不弯的坚韧性格。

郑板桥之所以有名，或许是因了他傲岸正直，狂放不羁的个性吧。

二〇〇九年五月十四日于秋缘斋

【原载 2009 年第 4 期《新泰文化》】

兴化古巷

兴化金东门保留了一片明清时期的古街区，我们来到兴化古街，由辐辏街向东至后街，后街的临街房子很小，只有十几平方的样子，屋门都是敞开的，一些老人进进出出。这些房子以前都是沿河而建，门前原来是一条米市河，东门米行运送米的河道。兴化四面环水。米市河上由西而东，横跨着许多小桥。原先曾有一个很大的码头，南北两岸粮行店铺鳞次栉比，恰似一幅《清明上河图》。现在米市河已被填平，但仍能想象得出这条河流昔日的繁忙景象。

从米市河走进家舒巷，走在这一条幽深的小巷。就马上想到北京周作人的故居八道湾和扬州朱自清故居的安乐巷，但又有不同。逼仄的巷子只有一米多宽，即使人力三轮车也不好通过。我说："过去土地也不像现在这么金贵，为什么巷子搞得这么窄？"兴化作家姜晓铭说："过去这儿也是寸土寸金，有些巷子更窄，只能一人通过。"

晓铭从小在兴化东门长大，对巷子非常熟悉，如果不是他的带领，真不知会转到哪里去。巷子里好多人都认识晓铭，不时会有人打招呼。

看着窄窄的巷子，不禁为这儿的居民担心，如果发生了火灾，消防员也无能为力。晓铭说，家家有水井，而且每家之间都有防火墙，一旦走水也不会殃及他人的。

我们在一家门前坐下来休息，听晓铭介绍古巷历史。古巷所处的位置属于兴化的东门，过去多数都是从东门进城，因此，明、清以来，东门逐渐成为粮食、蔬菜、瓜果、鱼虾等农副产品的集散地，商业、手工业、金融、文化、医药等百业兴盛。当时，兴化东门地段可谓"小桥流水，古迹多，商贸兴隆，人气旺"，因此被称"金东门"。晓铭说，许多大户人家都在小巷子里居住，不经意间推开一家大门，就可能遇到一位高人。

家舒巷中段有一个赵海仙洋楼，始建于清代，是一座仿罗马建筑形式的三层楼房，附有亭台、水池、假山等一套仿古园林院落。原为清代江淮名医赵海仙的故居，据说该故居是由扬州大盐商出资，江都某木行行主献料，宁波匠人主建，为报答治病救命之恩联合建造赠给名医赵海仙的。洋楼的特色在于中西合璧，门窗全是木头制作，柱子上全是精美的木雕。十二根整木柱由一楼至三楼，自下而上，一贯到顶。后来，兴化市政府本着修旧如旧的原则对洋楼进行了修复，重现洋楼当年气势。

兴化的小巷四通八达，出了家舒巷，就是东门外大街了，说是大街也不过是比小巷子稍微宽了些。大街两侧商铺林立，行人摩肩接踵，熙熙攘攘，是金东门的核心地带。东有一条向北伸展的状元巷，是明嘉靖年间状元李春芳早年生活的地方。李春芳，嘉靖二十六年（1547年）以鼎甲第一成丁未科状元。经六次升迁，于嘉靖四十四年（1565年）为礼部尚书加太子太保兼武英殿大学士入阁拜相。到隆庆二年（1568

年），五十八岁的李春芳升任首辅，"累加少师兼太子太师，进吏部尚书，改中极殿"（《明史》列传第八十一），由状元而宰相。大街上的状元坊始建于明嘉靖二十六年（1547年），遂在状元坊下拍照留念，或许会沾上一点状元的灵气。

从状元坊返回沿东大街西行，到街口是百年老店上池斋药店，我们进店休息。上池斋建于清康熙年间，为扬州名医方石川所建。根据《史记·扁鹊传》中"饮是上池之水，三十日当知物矣"的典故，定名为"上池斋"。药店坐南朝北，前后两进，砖木结构，仿石库门形制。上下两层，下为店堂，上为药材仓库，并设作中医史料展览馆和中药博物馆；后进是平房，为制药作坊。底层前厅开设药铺，开展经营。现在，上池斋店堂及陈设仍保持古色古香的历史原貌和原物。

金东门还有许多以行业为名的巷子，如菜市巷、鱼市巷、珠蕊巷、染坊巷、竹巷等。因时间关系没有一一转到，也为日后再访兴化留下借口。

二〇〇九年五月十六日于秋缘斋

【原载 2009 年第 4 期《新泰文化》】

走进南浔

　　搭乘湖州友人蓬总的车子赶往湖州。下午七点到达湖州，建智兄带了一本《随笔》杂志，在宾馆等我。与建智兄相交几年，这才第一次见面，但没有一丝陌生的感觉。他不但从事传记的写作，对《易经》亦颇有研究，还曾出版了《易经与经营之道》等书。最近他的又一部传记作品《王世襄传》即将由江苏文艺出版社出版。与建智兄聊了许多文坛趣闻，临走时说，他已安排好这几天的日程，明天去南浔古镇。

　　翌日上午，张建智与湖州师范学院沈行楹联艺术馆馆长王增清教授过来接我，驱车前往南浔。南浔区位于湖州市东四十公里处，在明清时代就是一个典型的江南水乡名镇和旅游胜地。明万历至清代中叶，蚕丝业和手工业、缫丝业的兴起及商业的发展，为南浔经济繁荣鼎盛时期。到达南浔后，南浔区委办公室的眭先生陪同我们游览。

　　南浔的富商几乎都靠经营蚕丝业发迹，俗称"四象""八牛""七十二只黄金狗"。导游讲，家里趁一千万两白银的称"象"，五百万两的称"牛"，一百万两的称"狗"，可见南浔之繁华富足。民间有"湖州一个城，不及南浔半个镇"之说。南浔不但富商多，也崇文重教，自古以来，人才辈出，仅宋、明、清三朝统计，南浔籍进士四十一名、京官五十六名、州县官五十七名。

南浔"四象"遗迹尚存"两象"——刘家与张家。我们先后去了张石铭旧居、刘氏小莲庄和江南四大藏书楼之一的嘉业堂藏书楼。

张石铭旧居被称为江南最大的具有中西建筑风格的私家古民宅，号称"江南第一民宅"，又名懿德堂，是江南巨富、南浔"四象"之一张颂贤之孙张均衡在清朝光绪年间建造的。正大厅腰门上有吴昌硕手书的匾额"世德作求"。张石铭旧宅有五进院落，房屋数百间，建筑风格中西合璧。众多精美生动的木雕、砖雕、石雕以及从法国进口的玻璃刻花等，都具有很高的艺术欣赏价值、民俗建筑价值和文物价值。

刘氏小莲庄是清光绪年间南浔"四象"之一的刘镛的私家园林，其中有刘氏家庙及义庄，是一座标准的中国式园林建筑。门额上的"小莲庄"三字为学者郑孝胥所书。小莲庄西侧是著名的嘉业堂藏书楼，系刘镛孙刘承干于一九二〇年所建，规模不如宁波天一阁大。藏书楼因清帝溥仪所赠"钦若嘉业"九龙金匾而得名。嘉业堂藏书楼呈"口"字形回廊式两进两层走马楼，由于当时没有电焊，回廊中的铁栏杆全部是用铆钉铆住的。中间的天井是晒书用的。整幢楼共计五十二间。原来珍藏着宋版《史记》《前汉书》《后汉书》《三国志》四部史书。两侧为诗萃室，存放古本诗词，主要是清人集部。楼上为希古楼，存放经部古籍。外面一间为黎光阁，存珍本《四库全书》一千九百五十四册。里面正房名"求恕斋"，原存放史部古籍。嘉业堂藏书楼中还有一份周恩来保护藏书楼的手令。南浔解放时，周恩来下令保护藏书楼，解放军专门派一连战士驻守藏书楼，保护了这批珍贵书籍，藏书楼得以完整地保存下来。

三个地方转了下来，已近中午，南浔区委领导设宴招待我们。在这儿吃饭不像山东那样繁琐，宾主落座之后就开始相互碰杯致意，酒喝多少也无人计较，非常轻松。领导指着一盘青菜说，这叫绣花锦，很香！我尝了一下，果真很香，菜的外表像油菜，普通得很，但味道却大不一样。我问，是作料的缘故还是菜叶本身的香味？他们说，是菜本身的香味。传说是当时西施卸妆后洗脸的水浇灌附近的菜地，因而，那菜就变得有香味了。西施洗脸的那个村子叫洗粉岛，只有这个地方才出产绣花锦。原来这菜竟然有着这么一个美丽的传说。

饭后，建智兄问我，还想去什么地方？我说，去张静江故居看看。张静江与张石铭为堂兄弟。张静江故居与张石铭旧居相隔三公里。"张静江故居"横额由国民党元老陈立夫所书。中堂画系谢公展所作，两侧是孙中山题写的对联"满堂花醉三千客，一剑霜寒四十州"，抱柱联为帝师翁同龢题"世上几百年旧家无非积德，天下第一件好事还是读书"。侧厅里悬挂着张静江手书赠陈立夫的对联"铁肩担道义，棘手著文章"。

张静江又名人杰，是国民党四大元老之一，曾任国民党中央政治会议主席、国民政府常务委员。他出身于江南丝商巨贾之家，一九二〇年随驻法公使孙宝琦出国任驻法使馆商务参赞一职并开始在国外经商，自与中国民主革命的先行者孙中山先生结识后便开始从经济上给予支持。在蒋介石建立南京国民政府后，他开始主持建设委员会工作。晚年逐渐淡出政治，转而信佛，故又号"卧禅"，佛名"智杰"。一九五〇年九月三日病逝于美国纽约。他的一生充满了传奇色彩，中华民国的缔造者孙中山和南京国民政府的建立者蒋介石均与他有着非同寻常的关系，孙中山称之为"革命圣人"。蒋介石是经过张静江的扶持，逐渐登上了国民党的权力顶峰。因而蒋介石对张静江的帮助十分感激，称之为"革命导师"。尽管日后产生了矛盾，但当张静江病逝后，国民党中央党部在台北特设灵堂公祭，蒋介石于灵堂之上亲书"痛失导师"的挽词，并臂佩黑纱亲自主祭。

张静江修的铁路，创办的电厂还有许多建设项目至今仍在使用。可以说他对中国的经济建设作出了巨大的贡献。

南浔是一个令人产生无限遐思的地方！

二〇一〇年四月十九日于秋缘斋

走进海源阁

　　庚寅初夏，应聊城大学王万顺兄之邀，前往聊城，参观向往已久的海源阁。海源阁藏书楼位于光岳楼南万寿观街路北杨氏宅院内，由进士杨以增建于清道光二十年（1840上），与江苏常熟瞿绍基的铁琴铜剑楼、浙江吴兴陆心源的皕宋楼、浙江杭州丁申与丁丙的八千卷楼合称清代四大藏书楼。其中以瞿、杨两家所收藏的宋元刻本和抄本书为最多，因之又有"南瞿北杨"之称。

　　海源阁大门匾额由蒋维崧所题，胡乔木题写抱柱联："一人致力万人受惠，四代藏书百代流芳"。院内正中是海源阁创始人杨以增半身塑像，后面是三间硬山脊南向二层楼阁，下为杨氏家祠，上为宋元珍本藏书处。楼檐正中悬有杨以增手书"海源阁"匾额，楼下家祠抱柱联："食荐四时新俎豆，书藏万卷小琅嬛"。室内有杨以增手书海源阁匾额拓本，跋曰："先大夫欲立家庙未果，今于寝东先建此阁，以承祀事。取》学记》'先河后海'语，颜曰'海源'，盖寓追远之思，并仿鄞范氏以'天一'名阁云。时道光二十年岁次庚子亥月是浣，以增敬书并识。"下有"杨以增印"和"至堂"阳文篆刻印章两方。

海源阁主人杨以增，清乾隆五十二年（1787年）生于聊城。自幼酷爱读书和藏书。在其父辈时，杨家就有藏书斋，名曰"袖海庐"和"厚遗堂"，而且有"古东郡厚遗堂杨氏藏"的藏书印。杨以增于道光二年（1822年）考中进士后，先后在贵州、广东、湖北、河南、甘肃、陕西做官，后为江南河道总督。于道光五年（1825年）开始收藏宋元珍本。当时正值混乱之际，南方许多藏书家的藏书纷纷散出。苏州大藏书家汪士钟的艺芸书舍的藏书散出，这时杨以增正在江南河道总督任上，他购得这批藏书后，用粮船沿大运河运回聊城海源阁。其子杨绍和为同治四年（1865年）进士，历任翰林院编修、翰林院侍读等职。在北京为官时，清室怡府乐善堂藏书散出，多系名家之旧藏，宋元珍本十分丰富，杨绍和将乐善堂散出的藏书尽力搜购。仅这一次就购得精善之本一百余部，极大地丰富了海源阁的藏书。其孙杨保彝时期则处于守业阶段，曾编辑《海源阁书目》六卷、《海源阁宋元秘本书目》四卷。

杨氏藏书经过四代人的努力，多方搜集，上百年的积累，藏书逐渐丰富起来。总计珍藏宋元明清木刻印刷古籍四千余种、二十二万余卷。著名学者王献唐先生说："余以目验所及，知其得到乐善堂者，正不亚丁艺芸书舍……综上两支，可知杨氏藏书，半得于南，半得于北。吸取两地精帙，萃于山左一隅，其关于藏书史上地位之变迁，最为重要，以前江浙藏书中心之格局。已岌岌为之冲破矣。"

海源阁对于书的保护有着详细的措施，杨以增曾孙杨敬夫在《曝书》一文中记述道："我家遵守旧规，每二年或三年必晒书一次，全家共同从事，并预先邀同乡亲友数人帮忙。自清明起，至立夏止。据先世遗言云：'夏日阳光强烈，书曝晒后，纸易碎裂，不耐久藏，且时多暴雨，有卒不及收之虞；秋季多阴雨，潮湿气盛，故易袭入书内。清明节后，气候干燥，阳光暖和，曝书最为适宜，立夏后渐潮湿，即不易晒书矣。'晒书时，将每册书按次序散列案上，在阳光下晒一至二小时移回室内，再按原来次序排列原架格上，并用白丝棉纸将樟脑面包成许多小包，分别用一二小包随书装在函内，但不得放入书内，至更换书皮时，书线亦于此期为之。海源阁藏书，尽属珍本，外有木匣，内有锦函，并在清明后每日将全部门窗悉行放开，以使日暖风和之气徐徐进入，只将架上浮尘掸净，但不启函出书。由上午十时至下午四时止，大致有五天至七天，过此时期，即将全部门窗重新关闭，严密封锁，同时封条，以照慎重。"由此可见杨氏几代人对书的挚爱。

海源阁藏书楼藏书之丰，也引得许多人觊觎。清末，聊城知县陈香圃托聊城名绅到杨家游说，劝杨家把藏书献出。当时，杨以增的孙子杨保彝已去世，便遭到杨保彝之妻的严词拒绝。从此，陈香圃再也未能进入海源阁一步。

旧时藏书家的藏书一般都秘不示人，对于违犯家规的处罚措施相当严厉，宁波天一阁曾给家族制定了一个处罚规则："子孙无故开门入阁者，罚不与祭三次；私领亲友入阁及擅开书橱者，罚不与祭一年；擅将藏书借出外房及他姓者，罚不与祭三年，因而典押事故者，除追惩外，永行摈逐，不得与祭。"不能参加祭祖是最大屈辱和最严厉的处罚。余秋雨曾在《风雨天一阁》中讲述了一个凄美的故事：嘉庆年间，宁波知府丘铁卿的内侄女钱绣芸是一个酷爱诗书的姑娘，一心想到天一阁读书，竟要知府做媒嫁给了范家。但她没有想到，当自己成了范家媳妇之后还是不能进入天一阁读书，一种说法是族规禁止妇女登楼，另一种说法是她所嫁的那一房范家后裔在当时已属于旁支。因而，钱绣芸没有看到天一阁的任何一本书，最后郁郁而终。

海源阁也有一个对藏书秘不视人的规矩，除在晒书、晾书之时找亲友帮忙搬动书籍外，平时，亲戚、朋友、族人一般不得接近。光绪十七年（1891 年）冬，《老残游记》的作者刘鹗，曾专门前去海源阁访书，结果遭到拒绝，刘鹗怏怏不快，在旅店墙上题诗一首："沧苇遵王士礼居，艺芸精舍四家书。一齐归入东昌府，深锁琅嬛饱蠹鱼。"乘兴而来，扫兴而去。

与海源阁齐名的常熟铁琴铜剑楼主人则不同，铁琴铜剑楼主人在藏书楼第三进楼下开辟了阅读室，前来查阅古籍者，可以在这儿阅读抄录。主人还为读者提供茶水服务，为远道而来者还提供食宿方便，因而备受海内外学者赞赏。

海源阁到了杨以增曾孙杨敬夫时期，开始走下坡路。为了避免战乱造成的损失，他先后将藏书中的珍本分散到天津、济南等地。海源阁历经战乱，迭遭破坏，所藏图书大部散失，只有一小部分辗转收入北京图书馆和山东省图书馆。而留存于聊城海源阁的部分藏书，在聊城两次被土匪占据时，几乎被抢劫一空。

海源阁历代主人，不但聚书、藏书，而且还刻印了"海源阁丛书"数十种，为我国的文化事业作出了巨大的贡献。《中国版刻图录》收录海源阁书影四十四种，标点本《二十四史》前四史就是以海源阁藏书版本为主要参考进行标点排印的。一九七二年日本首相田中角荣访华时，毛泽东主席赠送给他的《楚辞集注》也是海源阁藏书的影印本。解放后，海源阁没有得到妥善保护，致使海源阁日趋残破，最后遭到全部拆除的厄运。直到一九九二年，聊城市政府筹巨资在杨宅旧址，仿海源阁旧制重新修复了海源阁。海源阁只是恢复了建筑，而令海内外学者所仰慕的海源阁旧藏却再也无法恢复了。因而，当著名史学家来新夏教授谈到海源阁时说："参观海源阁，这对我是久已向往的事，但到海源阁时，却令人大失所望，庭院宽敞明净，而藏书空无一物。文献记载海源阁曾经多次劫难，但万难想到是这种荡然无遗的情状。我痴痴地站在海源阁的庭院中，眼前似乎展现了一幅海源阁沧桑变幻的景象。"我们只能从史书中去寻觅海源阁当年的盛况了。

院子的一角立有一石，上有郭沫若的石刻——"书山"，尽管对郭沫若本人不感兴趣，但还是喜欢他书写的"书山"二字，遂在石刻旁留影。

离开时，在海源阁购买《地方史志资料丛书·聊城》一书，该书从各时期的方志中辑录了有关聊城的文献资料。我请工作人员在书上盖章，以作纪念，但他们根本没有这个准备。

带着些许遗憾离开了海源阁，是因为没有看到海源阁的藏书，还是工作人员没有准备纪念章，我有些说不清楚了。

二〇一〇年六月二十一日庚寅夏至于秋缘斋窗下

【原载 2010 年 12 月 31 日《中国新闻出版报》】

古运河畔访孟真

去聊城拜谒傅斯年陈列馆早已列入了我的出行计划,但因琐事一再推迟行期。庚寅初夏,聊城大学的王万顺兄说,他要去南开大学攻读博士学位,让我在他离开聊城之前去一趟。"通牒"式的邀请,促使我踏上了去聊城的旅程。

在聊城大学桐园宾馆稍作休息,我们便去了傅斯年陈列馆,馆名由聊城籍的季羡林先生题写。门口立有"山东省重点文物保护单位——傅氏祠堂"碑。进门影壁墙上是毛泽东书赠傅斯年的唐代诗人章碣的《焚书坑》:"竹帛烟消帝业虚,关河空锁祖龙居。坑灰未烬山东乱,刘项原来不读书。"傅斯年在北大读书时,毛泽东是北大图书馆的管理员,两人因而相识。一九四五年,傅斯年去延安访问,毛泽东与他彻夜长谈,傅斯年向毛泽东索要墨宝,毛泽东便以《焚书坑》一诗赠傅斯年,并附信一封:"孟真先生:遵嘱写了数字。不像样子,聊作纪念,今日闻陈胜吴广之说,未免过谦,故述唐人语以广之。"

傅斯年陈列馆东侧有一小胡同,上有康熙御笔"仁义胡同"。万顺说,这一胡同有一个故事,傅氏族人与邻居因墙相争,给自己家在京官员写信求援，京官回信说："一纸书来只为墙，让他三尺又何妨？长城万里今犹在，不见当年秦始皇。"家人收书羞愧并按相爷之意退让三尺，邻家人见相爷家人如此胸怀，亦退让三尺，便形成了这条小胡同。其实这个传说在各地都有，在新泰也有一个同样的传说，只是官员的主角成了明朝的工部尚书崔文奎。因有康熙御笔，估计这个传说的正宗发源地在聊城。

陈列馆正中建筑悬挂着康熙题写的"状元府第"御匾，傅斯年的第七世祖傅以渐是顺治三年（1646年）的科举状元，也就是清朝开国后的第一个科举状元。抱柱联亦为康熙御题："传胪姓名无双士，开代文章第一家"。室内正中是傅斯年半身铜像。两侧有许多傅斯年陈列馆开馆时各地赠送的花篮。后院有傅斯年站姿塑像和一座二层建筑，为傅斯年生平陈列展，从室内陈列的有关傅斯年的资料来看，陈列馆的工作人员所搜集的资料是下了功夫的，连傅斯年在国外留学时的借书证、考试资料都有。其中有中国国民党原主席连战为傅斯年陈列馆开馆时的题词——"一代学人"。

傅斯年是著名历史学家、古典文学研究专家、五四运动学生领袖之一、中央研究院历史语言研究所的创办者。曾任北京大学代理校长、台湾大学校长。主要著作有《东北史纲》《性命古训辨证》《古代中国与民族》《古代文学史》《傅孟真先生集》等。傅斯年任历史语言所所长二十三年，培养了大批历史、语言、考古、人类学等专门人才，他做人也非常大度。一九二九年十二月十二日，傅斯年带领中央研究院历史语言研究所同人，在安阳小屯考古发现了刻有满版文字的大龟四版，这一发现震惊了国内外学术界。

自傅以渐考取状元后，傅家举人、进士辈出，历代官宦不绝，七品以上者达百余人。书香门第一直持续到清朝末年，到傅斯年出生时，家道开始衰落。傅斯年九岁时，其父逝于任上，他的童年生活是在穷困窘迫和亲朋周济下度过的。傅斯年曾引用孔子的话说："吾少也贱，故多能鄙事。"这也正是其坦荡正直性格形成的一个重要社会因素，傅斯年不畏权贵，即使在蒋介石面前都敢放肆地跷起二郎腿。有次美国将军麦克阿瑟访问台湾，蒋介石以最高规格接待，亲自率领"五院"院长、三军司令去机场接待，傅斯年应邀到场。从次日报纸上看，贵宾席上坐着仅三个人：蒋介石、麦克阿瑟、傅斯年。傅斯年坦然自若地坐在沙发上，叼着烟斗，跷起右腿，"五院"院长及其他政要毕恭毕敬地垂手而立，三军司令肃然站立。报纸新闻特写说："在机场贵宾室，敢与蒋介石及麦帅平坐者，唯傅斯年一人。"蒋介石想让傅斯年进入政府工作，他坚决不肯，他在写给胡适的信中说，一旦加入政府，就没有了说话的自由，也就失去了说话的分量。一九五〇年十二月二十日，这位敢说实话的傅斯年，到台湾不到一年，在台湾大学突发脑出血去世，享年五十四岁。

胡适是傅斯年的老师，他说傅斯年是"人间一个最稀有的天才。他的记忆力最强，理解力也最强。他能做最细密的绣花针功夫，他又有最大胆的大刀阔斧本领。他是最能做学问的学人，同时他又是最能办事、最有组织才干的天生领袖人物。他的情感是最有热力、往往带有爆炸性的；同时，他又是最温柔、最富于理智、最有条理的一个可爱可亲的人。这都是人世最难得合并在一个人身上的才性，而我们的孟真确能一身兼有这些最难兼有的品性与才能。"

从傅斯年陈列馆出来，漫步聊城大街，不禁思绪万千。京杭大运河与黄河在此交汇，又有东昌湖，因而，聊城对外宣称江北水城。打水城的宣称牌与江南的水城是无法抗衡的，聊城有丰富而独有的文化资源，有傅斯年陈列馆，有清代四大藏书楼之一的海源阁，有气势巍峨的光岳楼，有金碧辉煌的山陕会馆……完全可以做文化古城的文章。可以利用傅斯年在台湾的影响吸引台商的投资；围绕海源阁召开各种国际学术研讨会，进一步扩大聊城的影响；通过山陕会馆寻找当年在聊城经商的山西、陕西两省商人后裔，举办纪念活动，招商引资……

光岳楼附近正在拆迁，一些仿古建筑正在施工中。但愿聊城能借助丰厚的文化资源打造出一座全新的文化古城。

二〇一〇年六月二十六日于秋缘斋

【原载 2010 年第 6 期《悦读时代》】

访古朱家峪

随着电视剧《闯关东》的热播，一个叫朱家峪的山村一下子火了起来。凭借这里保存完整的祠庙、楼阁、古桥等古文化遗址，被建设部和国家文物局评选为山东省唯一一个"中国历史文化名村"。朱家峪对外宣称"江北第一古村"。

一个原生态的古村落，引发了我前往探幽访古的兴趣。一个夏日的午后，我来到了这里。朱家峪位于济南东四十五公里处一个三面环山的山坳里，北面进村的路口一段城墙连接东西两山，把村子裹得严严实实。在鸦片战争时期，村民修筑围墙，抵御外侵。后来围墙拆除，仅存中间的寨门，当地人称之为"圩门"，现在的城墙为近年新建。

进了圩门便是石板路，据说为明代村民修筑，中间碎石路走马车，两旁平整的青石板路则为人行道。人称双轨轨道。

朱家峪原名城角峪，后易名富山峪。据考证夏商时期就有人在此居住。元末明初，朱姓人迁来居住，因为是国姓，便更名朱家峪。这儿就像一座世外桃源，人民过着男耕女织、自种自给的生活，似乎与世隔绝，根本没受到外界的影响。朝代更迭、战火蹂躏，历经数百年，朱家峪的许多文化遗迹奇迹般保存下来。

村子南北长，东西窄。房屋依山而建，高低不平，错落有致，有些平房竟比两层楼房还高，出门的台阶有数十级。村中的胡同纵横交错，道路时上时下。一条小河与沿着进村的石板路并行，贯穿全村。可惜河已干涸，倘若河中有水，也像江南水乡那样房屋临河而建，河中一二船娘摇着载满游客的小船，穿行村中，那该是另一番景象了。

在进村的石板路正中有一座文昌阁，据碑文载，文昌阁建于清道光十八年（1838年），文昌阁上筑阁楼下建阁洞。阁前立有两通石碑，后被人当作桥面，由于字面朝上，碑文几乎被磨平，只能看到很少的几个字。文昌阁内供奉的是文昌帝君，正门上方悬有"学宫仰止"匾额。

建于清光绪年间的朱氏家祠大门设计比较独特，大门上方有一颗黑色的七角星。据说南宋理学家朱熹出生时，脸的右侧有七颗黑星，形状恰似天上的北斗星。因而，朱氏家族在建设祠堂时，刻上了这枚文运的标志。大门上方有五颗白颜色的圆球，由右往左依次为火、土、金、水、木，即五元相生吉祥图，象征人丁兴旺。祠堂大门两侧各有一个旗杆座。旗杆座上被今人莫名其妙地做上了两个用大理石雕成的乌纱帽，一旁还有竹竿挑着一挂鞭炮。看到我们的到来，有村妇在一旁说："摸摸官帽，放挂鞭炮。升官发财保平安！"村民为了赚钱，想歪招在旗杆座做上乌纱帽，实在不伦不类。

朱家峪的关帝庙恐怕是世界上最小的关帝庙了，关帝庙三面用大青石扣砌而成，大约一米见方，庙顶为双龙戏珠，左右石柱为飞龙攀掾。里面供奉关公，左右两侧分别是关平和周仓。两侧有一副楹联："文官执笔安天下，武将挥刀定太平"。庙宇虽小，年代却久，一旁碑文记载，该庙建于明朝，重修于清嘉庆年间。

进士故居是光绪年间朱逢寅的宅第，朱逢寅是贡生而不是进士。在唐代明经进士是正式进士，而在清朝明经进士是清代对贡生的别称，不是正式进士。科举时代，挑选秀才中成绩或资格优异者，升入京师的国子监读书，称为贡生。意谓以人才贡献给皇帝。清代贡生，别称"明经"。因光绪皇帝曾御赐朱逢寅"明经进士"匾额，而被当地百姓称为进士故居。房子依山而建，宅内有一座保存完好的两层藏书楼。大门上方雕刻的牡丹与梅花，象征荣华与富贵。下面雕刻九个葫芦，取其谐音福禄之意。进入院内，则感到失望至极，院子里胡乱搭建的小屋破坏了原来宅第的格局。据说，这个院子的主人兄弟分家，各自为政，因而院子更显凌乱。

村里还有两座独特的建筑——立交桥。建于康熙年间的石拱桥全部用大石块砌成，没用一点灰泥，而又严丝合缝地咬合在一起。上面走人，下面泄洪，没有洪水时桥下亦可以走人、走车。该桥建成二十几年后，村民在桥的另一边又修建了一座立交桥，东西两座立交桥，相距十余米。专家称其为现代立交桥的雏形。

朱家峪一个小山村有这么多的古代建筑，出了几位有功名的人才，与他们崇尚教育密不可分。这个山村先后有十七个私塾。早在一九三二年他们就创办了女子学校，成为中国农村较早的女子学堂。建于一九四一年的山阴小学大门，完全是仿照黄埔军校校门所建，只是缩小了比例，当时门的上方悬挂的是国民党的青天白日徽，现在改成了红五星。在电视剧《南下》中多次见到这个校门的镜头。山阴小学有四进院落，房屋八十一间，当时的县政府也没有这么大规模。后来，这儿先后作为小学、中学、师范学校等。当年的教室已改为朱家峪民俗展览馆，尽管已听不到琅琅书声，但还是引发人们无限的遐思，为一个小山村能够这么重视教育而感动。

整个村子转了下来，尽管面对朱家峪保存下来的文化古迹不时发出感叹，但总觉得朱家峪如果作为一个旅游点的话，缺失太多的东西。首先该村缺乏一个总体的规划，现在村民随意改建的房屋破坏了整个古村格局，一些饭店与村中建筑极不协调，仿佛疮疤，让人不舒服。有些景点画蛇添足，在一户农舍门上还挂着"朱开山旧宅"的匾额，朱开山是电视剧《闯关东》中的人物，是文学作品中塑造的两千万闯关东的山东人的代表人物，现实生活中并无其人，挂上"朱开山旧宅"的匾额着实有些可笑，还不如挂一个"《闯关东》拍摄地"的牌子好些。村人素质也有待提高，每个景点前面都有几个小摊贩，不停地游说游客燃放鞭炮，让人不胜其烦。我们在朱氏祠堂门口的一个小摊前坐下休息，摊贩推销粗布床单，摊贩的老婆说，床单是她自己纺线织的布。我问她："真是自己织的？"她说："是我自己织的，三天才能织成一个双人床单。你不信问她。"说着，她指了一下我身边的导游。我刚买了两个床单，邻摊的一个摊主却以更低的价格向我推销同样的床单，而且告知这些床单根本不是他们自己织成的，都是从外面进的货。有了被骗的感觉，心里极不舒服。我问导游："你怎么与他们合伙骗人？"她说："你们只是来玩一下就走了，我就是这个村的，要天天面对他们，你让我怎么说？"小摊贩为了蝇头小利，让这宁静质朴的山村蒙羞了。

圩门下，有许多村民乘凉，问他们每天有多少游客，一位导游说：

"哪有多少人呀，一天能有一百人就不错了。"浪费了这么好的旅游资源，真是太可惜了。如此下去，恐怕就要自生自灭了。

二〇一〇年七月十三日于秋缘斋

【原载 2011 年 3 月 10 日《齐鲁晚报》】

造访三叠纪

　　当我们到达位于沂蒙山区的平邑县城时，远远看到一座中西合璧的建筑，在八根巨型花岗石圆柱衬托下，显得气势恢宏。尽管只是一座七层建筑，但在这个经济欠发达山区县更显得鹤立鸡群。这儿便是我们此行的目的地——山东省天宇自然博物馆。

　　博物馆内有二十八个展厅，馆藏展品三十九万余件，馆内陈列的各类古生物化石、地质矿产标本琳琅满目，令人叹为观止。在这里似乎游走于三叠纪和侏罗纪。

　　恐龙是古生物中的代表动物，因为这里藏有一千多件较完整个体的恐龙化石，被吉尼斯世界纪录英国总部认定为"世界上最大的恐龙博物馆"。恐龙展厅里有长八米、高六米的金山龙，有形态可爱的鹦鹉嘴龙，有从恐龙向飞行鸟类进化的初级阶段代表——中华龙鸟，有世界上最早有喙的鸟类——圣贤孔子鸟，有形态各异的恐龙蛋化石，还有生活在约一亿五千万年前白垩纪的禽龙化石，不只是体积大、形体保存完整，更重要的是其胃部保存的胃石和当时的食物形成的化石，是已知恐龙类化石中极为罕见的。在一个展柜前，我停留了很长时间，一只大鹦鹉嘴龙身边依偎着六七条小鹦鹉嘴龙，大鹦鹉嘴龙一定是位"母亲"，似乎感觉到灾难的来临，抬头仰望着远方，好似一组鹦鹉嘴龙雕像，一幅多么温馨的画面呀，被突如其来的灾难瞬间定格为永恒。

在百龙厅，见到了各式各样鱼龙化石，这些鱼龙化石基本来自贵州，数量是世界之最。其中一件巨大的鱼龙化石是现在我国已知的馆藏最大的鱼龙化石，长十余米，据称也是亚洲最大的。也有不足半米的小鱼龙，应有尽有。万鱼厅里展示了十万多条一亿两千多万年前不同种类的鱼化石，好似正在游动的小鱼儿灵动的样子，就像一幅鲜活的画。

那时期的动物特别庞大，如八米多长、五米多高的剑齿象。单看长达数米的真猛犸象的上牙化石就可以想象到真猛犸象的体重要达数十吨。还有个头比马还高的剑齿虎，如果当时有人类存在，一定都成了它们的猎物。穿行于这些远古动物尸体所形成的化石之中，我感到阵阵阴冷，肠胃痉挛，这是我从未有过的感受。

最漂亮的化石要数海百合了，在海百合厅里，大大小小近万块石板上留存着它们栩栩如生、婀娜多姿的身影，美丽而又神奇的海百合成为名副其实的"石画天雕"。我原以为海百合是一种海生植物，没想到像美丽的画儿一样的海百合竟然是一种海洋动物。海百合大约出现在四亿八千万年前，形态像一枝含苞的荷花，又如一朵绽放的百合，被古生物学家称为"地球优秀的先民"。据介绍，在现代海洋生存的海百合尚有七百余种，是化石中最具观赏性的品种之一。海百合死后，其姿态得以完整保存形成化石，由于这种环境比较苛刻，所以化石十分珍贵，也逐渐成为化石收藏家的珍品。如果家里挂上一件海百合化石，那真是一种奢侈的装饰品了。

山东天宇自然博物馆除了是"世界上最大的恐龙博物馆"被载入吉尼斯世界纪录外，还拥有五项吉尼斯世界纪录，分别是产自新疆奇台的全长三十八米、根部直径达一点二米的"世界上馆藏最长的硅化木化石"，来自热河生物群的长约八米、高近三米的"世界上最大的中华龙鸟化石"，产自乌拉圭的长三米、高二点二米、厚一点八米、重十三吨的"世界上最大的紫晶洞"，来自四川平武的长零点四米、高零点三米、厚零点一五米的"世界上最大的白钨矿晶体"和来自湖北重达二百二十五公斤的"世界上馆藏最大的绿松石"。另外，还有二〇〇六年被欧洲《矿物宝石标本》杂志评为年度十佳的新疆西瓜碧玺；产于中国水晶之乡——江苏东海的重三点九吨的水晶单晶体为亚洲之最；中国有文字记载以来产出最大的一颗金刚石，重达三百三十八点六克拉；世界最大的被命名为"春回大地"绿萤石，形成于二亿八千万年前的地下，重约一点五吨；呈放射状的祖母绿宝石原矿石；等等。无不让人大开眼界，感叹大自然的神奇。

沂蒙老区的县城竟能投资四亿多元，建成世界上最大的自然地质博物馆，本身就是一个奇迹，称它为"一部描绘自然生命的万卷书"，一点也不夸张。博物馆门口已被挂上了"山东省科普教育基地""山东省关心下一代科普教育基地"和"全国古生物科普教育基地"等许多牌匾。它在普及科学、促进教育以及提高人民群众的文明程度方面也起着特殊的作用。

离开博物馆时，我一直在想，恐龙起源于三叠纪，繁盛于侏罗纪时期，灭绝于白垩纪。品种达到数千种，称霸地球长达一亿五千万年之久。恐龙是当时最强大的动物，没有其他动物可以控制它，是自然灾难使它灭绝。现在人类主宰地球只有数千年的历史，但科技的发展足以在发生灾难时避免人类的灭绝，将来使人类灭绝的只有人类自己，日本核泄漏事故就是一个明显的前兆。说不定，一千万年后，地球上会有另一种智能动物在这个博物馆遗址上建起更辉煌的建筑，里面陈列的恐怕就是人的化石了。

二〇一一年三月二十九日于秋缘斋

【原载 2011 年 4 月 11 日《天津日报》】

拜谒缘缘堂

拜谒缘缘堂的念头是多年前读了《缘缘堂随笔》之后生出的。后来，结识了丰一吟先生，这个想法更强烈了。辛卯春日，终于得以成行，前往浙江桐乡。

搭乘友人的车子到达湖州，已是晚上十一时，只好在湖州住下。翌日，乘车赶往桐乡。刚在酒店放下行李，桐乡书友夏春锦就过来了。夏春锦是福建人，大学毕业后，在桐乡某校任教。得知我去拜谒缘缘堂，便请假陪我前往。

缘缘堂位于桐乡市石门镇，京杭大运河在此形成一个一百二十度的大弯折向东北，因而这里也称石门湾。缘缘堂就在转弯附近，门前有座木场桥，当年丰子恺曾与友人在这座桥上拍照留念。现在的木场桥由丰一吟先生题写，桥栏石刻都是丰子恺的漫画。

丰子恺纪念馆副馆长吴浩然先带我们到他的办公室喝茶休息，只见墙上挂着丰一吟先生的一幅书法和一幅绘画作品。另有一幅二十世纪七十年代印制的丰子恺的漫画。浩然说，这幅画只剩下四分之三，他觉得丢失了可惜，就补画了缺失的部分，使这幅旧画焕发了新的生命。

时近中午，吴浩然说："我们先去吃饭，下午再参观丰子恺纪念馆。"他带我们来到一个种满了桂花的地方吃饭，其中有道菜便是桂花糕。如果八月份来到这里，一定会被桂花的香气所迷醉。

丰子恺纪念馆分丰子恺漫画馆、丰子恺故居缘缘堂和缘缘堂书屋三部分。丰子恺漫画馆在缘缘堂的东侧，是在丰家的丰同裕染坊旧址上建起的，分设了丰子恺艺术生涯陈列馆、丰子恺书画精品陈列室、中国漫画名家陈列室、中国当代漫画家作品陈列室四个展厅。

丰子恺的漫画有着自己独特的艺术风格，他那幅《人散后，一钩新月天如水》曾让我如痴如醉。朱自清这样评价他的漫画："一幅幅的漫画，就如一首首的小诗——带核的小诗。……就像吃橄榄似的，老觉着那味儿。"特立独行的嘉兴老画家吴藕汀对一些书画的评论别出心裁，甚至是惊世骇俗，多有惊人之语。他对一些名画家像吴作人、程十发、张大千、石涛、徐悲鸿等多有否定之语，然而对丰子恺却是格外青睐："我倒佩服子恺先生的画，别具一格，可以说'前无古人'，当然不敢说'后无来者'。读他所著的《缘缘堂随笔》比画还佩服"。（吴藕汀著《药窗杂谈》）

丰家的老宅紧邻丰同裕染坊，老宅历经百年风雨，破烂不堪。丰子恺的母亲早就萌发建造新屋的念头，早年买下了相邻的一块地基。一九二八年，丰子恺的母亲曾领着丰子恺在那块地基上丈量过，但因财力不足，一直没有动工。两年后，丰子恺的母亲带着遗憾离开人世。一九三二年春，丰子恺用新书的稿费建起了新屋，完成了母亲未竟的心愿。

缘缘堂原是丰子恺在上海江湾永义里的宿舍，当时，丰子恺在立达学院教书。一九二七年秋，弘一法师来到上海，住在丰子恺家。丰子恺请恩师为他的寓所取名，弘一法师让他在小方纸上写上许多文字，团成纸球，撒在释迦牟尼画像前的供桌上抓阄。结果丰子恺两次都抓到了"缘"字，于是就取名缘缘堂。

丰子恺非常喜欢自己所造的新屋，他曾说："倘秦始皇拿阿房宫来同我交换，石季伦把金谷园和我对调，我决不同意。"后来日寇侵华，丰子恺不得不带着一家老小十几口人离开缘缘堂，四处逃难。一九三八年一月，缘缘堂被日军焚毁。这个花费了丰子恺心血的缘缘堂在世上只存在了六年时间，抗日战争胜利后，丰子恺曾回故乡缘缘堂遗址凭吊。一九八四年，由丰子恺生前挚友、新加坡佛教总会副主席广洽法师慷慨解囊，桐乡县人民政府在原址按原貌重建了缘缘堂。

丰子恺漫画馆院子西侧墙门上的"丰子恺故居"由陈从周题写，从这儿进去，便是缘缘堂了，南墙上有两扇被日军烧焦的大门封在玻璃盒内，是原缘缘堂留下的唯一遗物。右墙角种有几株芭蕉，花池里有一棵樱桃树，南墙上是爬山虎。浩然说："你们过几天来就好了，现在只是爬山虎的枝蔓，长出叶子就好看了。"院子里有樱桃、芭蕉，丰子恺先生是在营造"红了樱桃，绿了芭蕉"的意境。

缘缘堂正厅门楣上悬挂着叶圣陶书的"丰子恺故居"匾。厅中"缘缘堂"堂额由马一浮题写。楼上是丰子恺的书房和儿女们的寝室。在书房里，我坐在写字台前拍了一张照片。浩然说："这个写字台是丰子恺曾经使用过的，原在上海的日月楼。"书橱里空空如也。浩然解释道，到了梅雨季节图书容易受潮，所以没有陈列图书。丰子恺在缘缘堂居住期间，完成了多部著作，也是他创作生涯中的黄金时代。

楼房后面是三间平房，楼房和平房之间有一个窄小的天井，一副秋千立在葡萄架下，是当年丰子恺儿女们嬉游之处。院子不大，却处处显露出艺术气息。

平房已辟为缘缘堂书屋，出售与丰子恺有关的图书和旅游纪念品。墙上的电子屏幕上打出了"热烈欢迎藏书家、作家阿滢老师一行来我馆参观指导"字样，看到他们这样郑重其事，真有些惶惶不安。

在江南的一些很平常的旅游景点，游客都是摩肩接踵，人满为患，想单独拍个照片都难。而在这儿，我们只遇到了几位游客。在乌镇，我与一位来自天津的老者聊天时，问他："你来到桐乡，没去丰子恺故居看一看？"他说："丰子恺是谁？旅行社没有安排这个景点。"丰子恺是一位卓有成就的文艺大师，现今，除了从事文化工作的人外，还有多少人记得丰子恺？在年轻人中，丰子恺的知名度恐怕还不如一位刚出道的影视演员高。当吴浩然让我在丰子恺纪念馆签名簿上留言时，我挥笔写道："我们不能忘记丰子恺！"

二〇一一年四月十八日于秋缘斋

【原载 2011 年第 5 期《新泰文化》】

拜望徐志摩

海宁是徐志摩的故乡，到海宁拜望徐志摩是我多年的愿望。我与崔美菊乘坐桐乡至海宁的公交车，四十分钟后到达向往已久的海宁，终于夙愿以偿。

在海宁《水仙阁》杂志执行主编陆子康兄的陪同下，来到了位于干河街三十八号的徐志摩故居。前面有一排平房，挂着徐志摩故居匾额。穿过平房，是一座两层中西合璧的青砖小楼，门上方刻有金庸题写的"诗人徐志摩故居"，门口左面一个椭圆形的石头上雕刻着徐志摩的头像。进门后有一个小天井，三面全为木制门窗。正厅悬挂臧克家题写的"志摩故居"木匾，门口一座徐志摩半身铜像，室内是传统的江南建筑风格，两盏吊灯显现出现代的气息。大厅正中是启功手书"安雅堂"。地板砖是从外国进口的，在当时相当时髦。东西厢房是徐志摩生平介绍，除了徐志摩各时期的图片外，还陈列了一些徐志摩书信、笔记本以及徐志摩出版的书刊，还有徐志摩的名作《再别康桥》《雪花的快乐》等。

小楼内有前后两个天井，上下两层前后两楼各有通道相连。一般这种小楼的木楼梯极窄，只能容一个人上下。而这座楼的楼梯则相对较宽，只是依然陡峭。二楼正房是客厅，一般的客人来了在楼下接待，来二楼的客人肯定是亲戚或交往过密的朋友。客厅里有一个床榻，两侧是木椅茶几，房屋正中置一圆桌。

那个床榻让我想起了有人怀疑陆小曼与翁瑞午关系暧昧时，徐志摩还说，他们在烟榻上只能谈情，不能做爱。现在想来徐志摩这人真是太天真了，当初他被林徽因迷得几近疯痴，在德国与原配夫人张幼仪离婚后，林徽因却并没有委身这位浪漫的诗人，而是嫁给了梁思成。如果说林徽因不爱徐志摩，那是假的，否则，林徽因不会把徐志摩遇难时乘坐的飞机残片一直挂着自己的卧室里。林徽因虽然接受西方教育，但骨子里仍存传统观念，尽管徐志摩的家业已有丝行、酱园、钱庄、电灯厂等，但毕竟不能与她的官宦家庭相对等。她的父亲是司法总长，梁思成的父亲是教育总长，那才是门当户对。后来，徐志摩又与陆小曼坠入爱河，在这里度过了一段"浓得化不开"的甜蜜生活，并在此写下了蜜月日记，后结集出版为《眉轩琐语》。

西侧是徐志摩母亲的卧室，室内陈设简单，一座雕花木床，还有木柜、箱子、衣橱等，橱子上还有一个老式座钟。南面套间是徐志摩前妻张幼仪的房间，陈设与徐志摩母亲卧室差不多，一个电风扇颇为惹人注目，在当时使用电风扇，也是很先进的。张幼仪与徐志摩离婚后，被徐志摩的父母认为干女儿，住在这里。

客厅东侧是徐志摩与陆小曼的新房，徐志摩称之为"香巢"。他们的蜜月就是在这里度过的。相对来说这个房间里的家具比较时尚。对着这间房子的是徐志摩的书房——眉轩。室内有一个留声机，桌子上放着一个打字机。墙上有徐志摩画像和章克标题写斋名"眉轩"。

突然想起梁启超在徐志摩与陆小曼的婚礼上作的证婚词："徐志摩！你这个人性情浮躁，所以在学问方面没有成就，你这个人用情不专，以致离婚再娶……陆小曼！你要认真做人，你要尽妇道之职。你今后不可以妨害徐志摩的事业……你们两人都是过来人，离过婚又重新结婚，都是用情不专。以后要痛自悔悟，重新做人！愿你们这是最后一次结婚！"这样的证婚词堪称前无古人，后无来者。我说："陆小曼是有名的交际花，她生活在这里不会感到寂寞吗？"子康兄说："她在这里住了一个多月，就迁居上海了。"

后楼一个楼梯直通楼顶的天台，可以到天台看星星，由此可见诗人之浪漫。转了一圈后，与子康兄在客厅里休息。我问："徐志摩曾被扣上了反动文人的帽子，他的故居怎么会经过了'"文革"'，而完好无损呢？"子康兄说："当时这里被当做银行的办公室，所以得以幸存。"我说："许多名人故居都是后来重新修建的，徐志摩故居能够保存完好，实乃万幸。"子康兄说："这里不是徐志摩的老宅，是当年为了与陆小曼结婚新建的。"

徐家老宅位于海宁硖石镇西南河十七号，有门厅堂楼四进。徐志摩祖先从明朝正德年间由海盐迁至硖石定居。一八九七年一月十五日，徐志摩出生在老宅里，一九一五年，在那里与张幼仪结婚。直到一九一八年赴美留学离开老宅，徐志摩在老宅里度过了几乎是他生命中三分之二的时光。新宅是其父后来为徐志摩与陆小曼结婚而于一九二六年建造的。二十世纪八十年代，徐志摩的后人把新宅捐献给国家，被列为文物保护单位，予以重修，而老宅则未列入文物保护单位，在旧城改造中，那座历经四百八十余年风雨沧桑的徐氏老宅被拆除了。拆除了老宅，修复了新宅，是功是过，不好评说。据说，徐志摩在英国剑桥大学做旁听生时，只住过一年的地方都保存下来了。不能不令人深思。子康兄说，有人买下了徐氏老宅的拆下的所有橡木等材料，都编号保存下来。若有机会用这些材料修复徐氏老宅，是一件功德无量的事情。

离开徐志摩故居时，《再别康桥》不由自主地吟诵出来。悄悄地我走了，正如我悄悄地来；我挥一挥衣袖，不带走一片云彩。

二〇一一年四月二十四日于秋缘斋

【原载2011年第5期《新泰文化》】

第二辑

山水清音

连云港纪行

早慕连云港之名，戊子初夏，因报纸停刊，赋闲在家，得暇，遂成连云港之行。连云港因吴承恩而名扬海外。明代淮安吴承恩，自幼聪慧，但屡试不第，五十岁才得一个"岁贡生"，到浙江做一小吏，因人品刚正，为官场所不容，遂拂袖而去，专事写作。得知云台山为海州境内四大灵山之一，便来到云台山，游览了水帘洞、南天门、沙河口等地，听了关于这些山水的传说，茅塞顿开，写出了脍炙人口的传世之作《西游记》。

吴承恩在《西游记》中写道："海外有一国土，名傲来国。国近大海，海中有一名山，唤为花果山。此山乃十洲之祖脉，三岛之来龙……真个好山……四季好花常开，八节仙果不绝。"花果山是连云港云台山诸峰中最出名的山峰。花果山随着《西游记》流播世间，成为中华名山。

新泰没有直达连云港的汽车，只好从临沂转车，途经临沭、赣榆，到达连云港。连云港在我想象中是一座美丽的海滨城市，可在连云港汽车总站下车时，给人的感觉很不舒服，站前一排平房小吃部乱而无序。

心里一阵难受，难道这就是我向往已久的海滨城市吗？为了乘车方便，在车站附近的一家宾馆住下。却发现房间里有好多的蚊子，这儿的气候与北方基本差不多，北方没有发现蚊子，而这儿已经成灾了，也不明白这不算低档的宾馆里怎么会有蚊子。从连云港市旅游交通图上看到，毛泽东所题"孙猴子的老家在新海连市云台山"一词，刻在花果山石壁上，称之为"毛公碑"。但从未听说毛泽东有这一题词。

品尝风味小吃是外出旅游的一种乐趣，到了海滨城市，自然要去吃海鲜。晚上，打的到美食一条街品尝海鲜，虽然价格不便宜，半斤大的螃蟹八十元一只，但海鲜全是活的，味道确实鲜美。

翌日清晨，与一出租车司机达成协议，出一百五十元车费，让他带我去东西连岛、海滨浴场、核电站等地游玩，然后再把我送到花果山。东西连岛位于连云港市东面海域上，东西长约六公里，南北宽一点五公里，是江苏最大的海岛。东西连岛原来是一个孤立的渔岛，从连云港市区到连岛需要摆渡。后来，建成了全国最长的拦海大堤，近七公里长的钢筋混凝土巨臂把连岛与海岸连接起来。连岛开始成为优美的海滨旅游度假区。在海边传来阵阵鱼腥味，司机说，现在政府不让渔民晒鱼虾了，原来渔民把从海里捕到的小鱼小虾都在海边晾晒后，加工饲料。那时鱼腥味更是难闻。商店里的旅游纪念品价格也特别高，一只海螺要价几百元，在海南五元可以买到的贝壳，在这里也要价五十元。水晶是连云港的特产，为妻子和女儿买了水晶项链和手链，也不知是否为真水晶，权作纪念而已。

在凤凰湾海滨浴场，海滩上没有游客。管理人员说，一个月后能下水了才有游客。田湾核电站门口有军人把守，不能进入，只能在门口拍照留念。司机介绍，在田湾核电站有很多的外国工程师，在核电站的工作人员配偶没有正式职业的，每月可从核电站领取一千元的生活补助。

快到花果山时，司机指着山顶的一块石头说："你看，那块石头像不像猴子？"顺着他的手指望去，果然有个极像猴子的立石，长长的猴嘴向上噘着。司机说，这儿地名就叫猴嘴。

花果山位于新浦区东南十五公里，连云港市南云台山中麓。据史料记载，在清代康熙以前，花果山矗立于大海之中，明代的《海州志》有诗云："山如驾海海围山，山海奇观在此间。乘兴时来一登跳，恍疑身世出尘寰。"可以想象得出，昔日隐现于烟波浩渺、天水相接之际的花果山是何等的神秘，正因如此才有海上仙山的传说。《史记·秦始皇本纪》中说，仙山名蓬莱、方丈、瀛洲，是神仙居住的地方。李白诗云："海客谈瀛洲，烟涛微茫信难求。"据史学家考证，海上仙山瀛洲正是今日的云台山，而花果山则是其中的一座山峰。

花果山的门前中间有一巨大的猴头，也是花果山的象征，进入山门，路两侧塑有一百零八尊猴像，在迎接着游客。山门前有两批导游，一批是年轻的女孩，另一批是年纪在五十左右的妇女。拿到门票后，小导游就跟了上来，我说不用导游，来之前已看过资料。小导游退出后，年长一些的导游又跟了上来。她说，小导游收费一百元，而她只收三十元。我说不用，可她还是跟着上了游览车。她说，她们是挨号的，好不容易挨到她了。我告诉她，旅游路线很熟悉，不用她介绍。她说，她家就在山里，对山里很熟，可以随时解说。见她不是油滑之人，也不容易，遂答应她，同乘游览车沿盘山路至极顶玉女峰。玉女峰海拔六百二十五米，为云台山脉的主峰，是江苏省诸山之最高峰。

站在峰顶，透过云雾，隐隐约约可以看到海港码头。拍了一些照片后，在一塔前坐下来休息。导游说，在花果山里有五个村子，现在都划归花果山管委，成立了旅游公司、建筑公司和茶叶公司，村人分别给安置到三个公司工作。我问她："'孙猴子的老家在新海连市云台山'真是毛泽东写的吗？"导游说，是用毛泽东的字体拼凑的。如果是这样，就有些胡闹了，人们随意用名人的字体拼一幅字，就叫某公碑，也太不严肃了。从玉女峰乘坐索道下山，在下山的过程中，由于风大，索道车不停地摇晃，途中用相机拍摄的图片却没有重影。

水帘洞坐落在花果山的山腰，洞外石壁有清代所刻"水帘洞""灵泉"题字。山上还有娲造石、八戒石、猴子石等奇景。花果山的名胜及传说为吴承恩创作《西游记》提供了大量的素材，后人又根据《西游记》的描写创造了一些景观，为游人增添了兴致。

淘书是外出旅游必做功课，到达连云港之初，便向出租车司机打听旧书摊的位置。司机说，华联广场附近原来有一些书摊，但不知现在有没有。从花果山下来后，就直接去了华联广场，在广场西侧，沿河有一条街道，全是古董、旧书摊位，远远望去，有十几家书摊，不禁大喜，心想，这下要满载而归了。可仔细一瞧，这些书摊卖的大部分是盗版书，旧书不多，有关连云港志书和文史资料倒是不少，说明连云港志书出版和文史资料的搜集整理工作做得非常出色。

来回走了两趟也只挑出了两本书。一是《古今中外节日大全》，梁全智、梁黎编，一九八五年十二月山西人民出版社出版。买这本书是因为我曾编著出版过一本《中国节日大全》，如果以后有机会再版的话，这本书可作参考。另一本书是袁鹰先生的杂文、随笔、小品文集《留春集》，一九八二年二月花城出版社出版。袁鹰先生在后记中说，他在二十世纪七十年代初，从河南农村"改造"回来后，整理散佚过半的书籍时，发现有几本打印和剪贴的旧稿，是袁鹰先生十多年来写的各类文章，被造反派搜去打字油印，发给人手一册，以供批判之用。袁鹰先生说："翻着翻着，其中一篇随笔的题目《长留心上春》五个字，忽然勾起我一种特别亲切的感情。……当时竟忽发奇想：如果将来有朝一日，这些小稿真能由油印本变成铅印本，书名未尝不可以就叫《留春集》。"造反派供批判用的油印本无意中却保全了先生的作品，真是因祸得福，让人啼笑皆非。该书由曹辛之设计封面，赵朴初题签。书中盖有"连云港市图书馆藏书专用章"。秋缘斋藏有袁鹰先生寄赠的《风云侧记：我在人民日报副刊的岁月》签名本，有机会去北京时，可请袁鹰先生签名。我很纳闷一个城市的书摊大部分经营盗版书，只有少数几家经营旧书。与曾以此地为原型创作出了传世名著《西游记》的城市形象大不相符。那几家经营旧书的摊位上的书，除了连云港的文史类书和连云港当地作者的书外，就是图书馆淘汰的品相很差的书，看来旧书经营者的进货渠道有问题，旧书经营者没有走出去，只是在本地小范围内来回倒腾。这样就阻碍了旧书业的发展，也是造成盗版书泛滥的原因之一。尽管只买到两本书，但因了袁鹰先生的著作，还是满心欢喜。

回到宾馆，倒头便睡，蚊子的骚扰也丝毫不觉了。

二〇〇八年六月四日于秋缘斋

【原载 2008 年第 3 期《泰山》】

湿地，乃城市之肺。

下渚湖原称防风湖，下渚湖国家湿地公园位于德清县城东南防风古国所在地，防风古国是距今大约四千年的江南较大的部落之一，因部落首领防风王助大禹治水有功，乃立防风国。

上了游船后，听导游讲中心湖区面积约一千八百九十亩，相当于一点二六平方公里，整个水域面积三点四平方公里，是江南最大的湿地公园。下渚湖的神奇在于湖面或开阔如漾，水天一色；或狭窄如港，汊道曲折，遍布湖荡的岛屿沙渚土墩形态各异，隐伏岛屿台墩六百余座。湖中有墩、墩中有湖；港中有汊、汊中套港。清代戏曲作家洪昇曾有诗赞曰："地裂防风国，天开下渚湖。三山浮水树，千巷划菰芦。埏埴居人业，渔樵隐士图。烟波横小艇，一片月明孤。"

下渚湖湖面宽广，水草丰腴，湖岸长着密密翠竹、野生芦苇。小岛上到处都是盛开的油菜花，去年曾专门到兴化看油菜花，结果错过了花期，今年有幸看到了大片的油菜花。导游说，油菜花都是当地的农民划着小船来种植的，现在正是油菜花盛开的时期，再过一周，就看不到油菜花了。

游船在朱鹮岛停下，大家上岛看鸟，迎面的小山上树冠上到处都是白鹭，引得游客频频抓拍白鹭起舞的镜头。沿山路东行，来到了朱鹮养殖区，朱鹮是日本的象征性鸟类，但是日本本土种群已经灭绝，而在下渚湖湿地却繁殖得很好，说明这里的环境适宜朱鹮的生存。朱鹮是稀世珍禽，被誉为"东方瑰宝""东方宝石"。世界鸟类保护会议曾将朱鹤列入"国际保护鸟"。二十世纪八十年代国家邮政局曾发行了一套三枚的《朱鹮》邮票。我们非常有幸在这儿看到了朱鹮。

岛上有一标本陈列馆，曾在这片湿地生活过的动物大到野猪、狼、鹿，小到松鼠、蝴蝶应有尽有，栩栩如生。

从朱鹮岛下来，又上船行进了一段时间，来到了另一座小岛，岛上只有用竹子搭建的栈桥和竹屋。到这儿主要就是品尝当地有名的烘豆茶，烘豆茶用橙子皮、野芝麻、烘豆、笋干、丁香萝卜、茶叶等配置而成，咸香适宜，风味独特，清爽可口。据说烘豆茶最初是丈母娘泡给毛脚女婿喝的，茶中放的材料越多，说明丈母娘对女婿越满意，如果材料放得少，就说明丈母娘没有看上女婿。后来，这种茶慢慢地流传下来，成为当地人们的饮用佳品。

返回的游船进入了一个弯弯曲曲的航道，两侧的芦苇刚刚长出新芽，再过几个月，芦苇长高了，在这里穿行就会像进入了迷宫。这儿水深只有一米，而水下的淤泥则有一米半深。岛上的古香樟树高大茂密，露出地面的树根盘根错节，小船行驶至此，仿佛进入了史前时代，这时，如果突然从树后闪现几位头戴花翎，腰缠兽皮，手持弓弩的土著人，人们也不会感到奇怪的。

游船驶过的一座岛上盖满了别墅，有一百六十多幢。导游说，这些别墅建成五年了，但一直没有人入住。现代风格的建筑处在完全是原始生态的湿地，格外扎眼。不知道开发商是如何买通昏庸掌权者的，做下了如此大孽。好在有消息说，这些别墅要全部拆除，尽管国家会有上百亿的损失，但剜除了城市之肺上的毒瘤，还是值得的。

在湿地公园附近的防风饭店吃过午饭后，我们来到了防风祠。门口立有一块"防风古国中国烘豆茶发祥地"碑，背面是族兄郭涌书写的碑文《防风神茶记》。防风祠是为了纪念上古治水英雄防风氏而建的。据史料记载：夏禹治水成功，邀天下各路诸侯在会稽山庆贺，防风氏因故迟到，禹把他杀死，并暴尸示众。事后大禹查明，防风氏在赴会途中遭遇天目山山洪暴发，苕溪泛滥成灾，防风氏因参加防洪抢险才迟到。且防风氏治国有方，深受百姓爱戴，不仅为他昭雪，而且还封为防风王，令防风国建造防风祠供奉防风氏神像。八月二十五祠建成之日，大禹亲临防风祠祭祀，并令朝廷载入夏朝祀典，传之后世以示纪念。

防风祠大殿重檐翘角，气势壮丽。匾额"风山灵德王庙"。祠中塑有防风氏神像，祠前东侧立有五代吴越王钱镠《新建风山灵德王庙记》石碑，灵德王是防风的封号。大殿南面有一戏台，每年八月二十五日当地百姓都请来戏班唱戏纪念防风氏。

二〇一〇年四月十九日于秋缘斋

【原载 2010 年第 3 期《新泰文化》】

春上浮来山

　　山不在高，有仙则名。山东莒县的浮来山海拔不足三百米，却因了南北朝时期文学家刘勰故居在此而闻名于世。刘勰虽非仙家，但一部《文心雕龙》奠定了他在中国文学史和文学批评史上不可或缺的地位，浮来山因而声名远播。

　　庚寅暮春，余携友前往拜谒。走蒙阴，过沂南，经过三个小时的颠簸抵达莒县，进入莒县境内便见一座小山，停车问询是否为浮来山，路旁摊主说是。顺着摊主的手指向北望去，坐落着一座山门，隐隐约约看到正中有"浮来山"三字。

　　在山门与莒县前来陪同游览的祁新君兄会合后，进入浮来山景区。山虽不高，但植被茂密，到处都是郁郁葱葱的柏树。车子在千年古刹定林寺前停下，我才知道，刘勰故居和千年银杏树都在定林寺内。

　　进入寺庙，迎面是那棵名扬海内外的银杏树，该树树龄达三千五百多年，树高二十六点三米，周粗十五点七米，号称"天下银杏第一树"。在树下导游给我们讲了一个故事，古时，有人想量一下树有多粗，伸开双臂，搂了七搂，见一小媳妇在树旁避雨，不便再搂，又拃了八拃，于是该树便有了"七搂八拃一媳妇"之说。新泰白马寺有一棵银杏树，号称"天下银杏第二树",而且也有一个同样的传说,到底是谁抄袭了谁,无法考证。两棵大树相比,新泰的高大、清瘦,莒县的粗壮、敦实。

围着大树有几通石碑,东侧是全国人大常委会原副委员长王丙乾题写的"天下银杏第一树",西侧有全国政协原副主席张思卿题写的"银杏树王",南侧是江苏省人大常委会原委员武中奇题写的"九月辛卯公及莒人盟于浮来",典出《左传》,鲁隐公八年九月,鲁、莒国两国国君曾在此树下会盟。可见此树之资深。树下有好事者做了一个书生伸臂量树、一旁站有一位女子的塑像,有些煞风景。传说是美丽的,但要把传说形象化,就流入庸俗一途了,实为画蛇添足之举。

定林寺共三进院落,中院里有一座两层的校经楼,匾额由郭沫若题写。校经楼也就是中国历史上著名的文学理论家刘勰的故居。刘勰生活于南北朝时期,祖籍山东莒县东莞镇。据《梁书·刘勰传》载,刘勰早年家境贫寒,笃志好学,终生未娶,曾寄居江苏镇江南定林寺里,跟随僧祐研读佛书及儒家经典,三十二岁时开始写《文心雕龙》,历时五年,完成了这部我国最早的文学理论著作。由于当时刘勰无名,《文心雕龙》问世后,没有产生任何的影响,当时沈约名高位显,在政界和文化界都具有重要的地位,刘勰想让他推荐一下,但又没有机会认识他。一次,刘勰带着书,在路边等沈约。当沈约的车子经过时,刘勰拦住车子,上前献书。沈约翻看了几页,立即被吸引,认为此书深得文理,大加称赏。后经沈约推荐,刘勰步入仕途。相传,刘勰晚年回山东莒县在浮来山出家为僧,并创建了(北)定林寺。校经楼正中是刘勰塑像,两旁陈列着有关刘勰和《文心雕龙》的著作。门上坎悬挂着黎玉题写的"刘勰故居"匾额。

后院是三教堂，只有三间房子，供奉儒释道。这也是中国的特色之一，老百姓最讲究实惠，用着谁了就来拜谁，殊不知把信仰不同、毫不相干的三教强行拉在一起共处一室，只顾自己方便，而忽视了他们三位的感受。

从山上下来，祁新君带我们去参观莒州博物馆，该馆去年才建成开放，是山东省三大县级博物馆之一，馆藏文物一万三千余件，总建筑面积一万五千平方米。博物馆全面反映了莒文明和莒地历史演进。馆内设十余个展厅，系统展示了莒文化的深厚底蕴和久远传承。莒县并不是经济发达县市，却能斥资近亿元建成一个如此规模的博物馆，说明了该县领导对文化的重视，博物馆的落成也提升了该县的文化品位。

莒县籍的宋平曾为莒县题词"莒国文化，源远流长"。短暂的莒县之行，却深有体会。离开时购买一册《莒县文物志》，把莒县文化带回秋缘斋。

二〇一〇年五月二十六日于秋缘斋

【原载 2010 年第 6 期《悦读时代》】

踏春九间棚

辛卯初春，在沂蒙山区西南部平邑县参观了有"世界第一地质博物馆"之称的山东天宇自然博物馆之后，游兴未尽，查看地图，发现九间棚也在该县。隐隐约约记得二十世纪八十年代李存葆和王光明曾写过一篇报告文学《沂蒙九章》，其中一章讲述了山村九间棚的故事。我们决定去看看九间棚到底是个什么样子。

在平邑县城吃过午饭，驱车来到九间棚所在的天宝山镇，打听到九间棚的具体位置后，就驶向了龙顶山的盘山公路。路边到处都是盘若虬龙的老梨树，梨树枝头已是含苞待放，如果晚几天过来，一定能够欣赏到漫山遍野的梨花。在半山腰有一片开阔地，山崖上刻有"九间棚景区"几个大字，一道横杆拦住了去路，原来这里已开发成旅游景点，开始收费了。

过了关卡，迎面而来的是一座新修的城门，两旁刻有一副对联，红漆衬底，格外醒目。其实，不该把对联刻在城门两侧，如果有影视剧组前来拍摄战争题材的影视剧，这幅现代的对联就不相称了。

车子在山顶停了下来，这儿稀稀拉拉住着十几户人家，九间棚村的办公室也设在这里，看来这儿就是九间棚的中心了。有三三两两的老人在聊天，路边到处都是晒着的山楂片。这个小村除了建在山顶外，与一般的山村没有什么区别，我们跑了这么远的路，到这里到底要看什么？我有些后悔自己的决定了。

突然看到墙上有个写着九间棚旧址的指示木牌，我们按木牌所指方向走进了一个石板铺路的小胡同，胡同两侧是很平常的山村石屋，在一个院墙上竟然有竹叶从院里透过石缝长了出来。走过几个农家小院，前面就是山野了。路边有一个废弃的由大小薄厚不一的石片垒成的三四平方米的石屋，石屋前竖有小木牌，注明该屋为九间棚人的"第二代住房"。

远处出现一个洞口，上写"龙洞"二字，我属龙，看到龙洞自然要进去游览一下。进入龙洞便觉凉风习习，如果夏日前来一定是避暑胜地。洞内铺着一级级的石板，次第下行。转了一个弯就是出口，没想到龙洞这么浅。从龙洞出来，右面是悬崖峭壁，崖壁上有"龙泉"石刻，左侧有一个大水池，想必就是龙泉了。这里的石头很特别，都是一层层薄薄的石板叠在一起，像千层饼一样。前面豁然开朗，竟是另一番天地，远处崖壁下有一片半洞穴石屋。此时，让我想起了《桃花源记》中的情景："林尽水源，便得一山，山有小口，仿佛若有光。便舍船，从口入。初极狭，才通人。复行数十步，豁然开朗。土地平旷，屋舍俨然，有良田美池桑竹之属……"陶渊明老先生所描绘的不正是这里吗？我突然兴奋起来。

这里便是九间棚旧址，有一块天然形成的巨大的石棚，长三十米，深十米，高三米，村人在石棚下砌墙，留下门窗便成了半洞穴石屋。同伴说："不是九间棚吗，怎么只有六个房子？"仔细一看，其中三个房子有套间，正好九间。据说，棚内原有石龙、石虎、石牛等自然景观。清乾隆六年（1741 年），一对刘姓夫妇逃难至此，穴居石棚，刀耕火种，繁衍子孙，砌石为墙分为九室，故名九间棚。几百年来，天然石穴和简陋的石棚就是九间棚人遮风避雨的家。随着人口的增多，人们渐次搬出石棚，后来石棚曾一度成为该村的学校。在一间石棚内看到了用石板搭起的课桌，石壁上挂有一块小黑板。在这种环境里读书，其艰苦程度可想而知。

石棚边有一个古老的石碾，一根木棍一头插在一个石板上，另一头镶嵌在一个放在石槽中的圆形石碾子上，用来碾米。这种石碾已很少见到。石碾旁有一位摆摊的老人，卖一些山楂片、灵芝等当地特产，我买了两包炒过的槐树豆，回家泡水喝。槐树豆学名槐角，槐角茶有良好的医疗价值，长期饮用可以降血压、降血脂，还有软化血管，降胆固醇等功效，常饮此茶颇有益处。我所栖居的小城大街两侧都是国槐，结果的时候很多人来采摘，但一直没有发现卖槐豆的地方。我曾喝过槐豆茶，甜甜的，如同烧过的枣水，很好喝。

摆摊老人主动和我们攀谈起来，他说自己就是曾住过石棚的刘姓的后代，现在已经搬到新房子居住了。九间棚村一共才有几十户人家，几百口人，都住在龙顶山上。这里四面悬崖，山高涧陡，当时仅有一条羊肠小道蜿蜒而下，二十世纪八十年代，村里组织当时仅有的四十个青壮年，用了六年的时间，开山修路，架设电线，建蓄水池、扬水站，修筑水渠，栽种果树，彻底改变了恶劣的自然生存环境，铸造了闻名全国的"九间棚精神"，得到党和国家领导人的肯定。上海电影制片厂以九间棚为原型拍摄的电影《沂蒙山人》在全国播映后，使九间棚成为闻名全国的山村。

老人说："山上有个天池，你们该到那里看一看。"

"天池？在什么地方？"我问。

老人向身后的山崖指了指，说："在后山。"

在海拔六百四十米的龙顶山上还有一个天池，真是一奇了。我们告别老人，经过龙洞，向后山走去。走了数百米，在后山顶部有一块平地。前面是一个很大的水池，水池前立有一块"龙顶山天池"石碑。春风吹拂着水面，碧波荡漾，心旷神怡。不禁想起郑板桥的《春词》："春风、春暖、春日、春长，春山苍苍，春水漾漾……"龙顶山山清水秀，景色宜人。九间棚人尽管当年受到了一些磨难，否极泰来，现在的龙顶山已开始回报为它付出了几代人的青春和汗水的九间棚人了。

秋天时，我一定再来这里。那时，展现在眼前的一定是森林茂盛、梨果漫山遍野的金秋景色。

二〇一一年三月三十一日于秋缘斋

【原载 2014 年第 3 期《新泰文史》】

走过乌镇

　　去乌镇原不在我的出行计划之内，到桐乡之前，朋友建议我去乌镇看看。我知道乌镇是典型的江南水乡古镇，素有"鱼米之乡、丝绸之府"之称，是江南四大名镇之一。但不知乌镇竟然在桐乡，真是孤陋寡闻了。既然到了桐乡，自然要去乌镇。

　　乌镇的游览区分东栅和西栅，东栅比较完整地保存了晚清和民国时期水乡古镇以河成街、街桥相连、依河筑屋、水镇一体的风貌和格局。西栅亦具典型江南水乡特征，但是，新添加的元素多一些。既然两边都是小桥流水人家的格局，就没必要两处都去了，东栅古老些，况且茅盾故居在此，便决定去东栅。

　　进入景区大门，一条小河呈现在眼前，街道、民居皆沿河而造，许多民居把房屋的一部分延伸至河面，下面用木桩或石柱打在河床中，上架横梁，搁上木板，这样就增加了民居的空间，正所谓"人家尽枕河"。

　　随着人流走入用青石板铺成的狭窄小街，两旁都是古老的明清木屋，多数房门紧闭。如果不是涌入了摩肩接踵的人流，一个人来到这里，就像通过时光隧道回到了明清时代，就算突然从哪家走出一位长袍大褂的人来，也不觉奇怪了。就这样幻想着向前走，偶尔有房门敞着，就会看到里面坐着一位老人。这条古街上似乎只剩下老人了。

沿街的景点依次有江南百床馆，是中国第一家专门收藏、展出江南古床的博物馆；江南民俗馆，展示了晚清至民国时期乌镇民间有关寿庆礼仪、婚育习俗和岁时节令等的民俗；还有江南木雕馆、余榴梁钱币馆、修真观、古戏台等。

时近中午，有些饿了，正巧身边有个卖姑嫂饼的小店，便买了一些，坐在河边，看着对岸的风景吃姑嫂饼。姑嫂饼是桐乡乌镇的传统名吃，用面粉、白糖、芝麻、猪油做成。据镇志记载，距今已有一百多年的历史。姑嫂饼形似象棋，一个纸包内有四五块，拿姑嫂饼时要小心翼翼地轻轻拿起，稍一用力，就会粉碎。一手用纸接着，另一手轻轻放进嘴里，马上变成粉末，其味酥甜可口，油而不腻，酥而不散，既香又糯，甜中带咸。桐乡有一首专门赞颂姑嫂饼的民谣："姑嫂一条心，巧做小酥饼，白糖加椒盐，又糯又香甜。"茅盾先生曾在文章中提到童年时期吃过的这一传统名点。

游览图上标有一个立志书院，吸引了我。当找到这家书院时，见门口却是挂着茅盾纪念馆的牌子。一块嵌入墙中的大理石板上刻有中英两种文字的"立志书院简介"："立志书院创建于清同治四年，光绪二十八年改国民初等男学，一九〇四年至一九〇七年，茅盾曾在此就学。一九二七年淑德女学并入，改名立志完全女学。一九三七年因抗战停办，建国后作为乌镇幼儿园，一九八八年幼儿园迁址新建，县政府将其拨归茅盾故居，一九九〇年经国家文物局批准重修，作为茅盾故居的陈列用房，一九九四年更名为茅盾纪念馆。"

进入院内，有一座两层建筑，一楼正厅中央有茅盾半身铜像，室内陈列着茅盾各时期的图片。看了下来，有些失望，我本来想看茅盾故居的，这里却不是真正的茅盾居所。出展室，见西侧院墙有个小门，挂着"茅盾故居"小木牌。遂入其中，才知，这里才是真正的茅盾故居。墙上分别嵌有邓颖超、陈云、叶圣陶题写的"茅盾故居"匾。

茅盾的祖居在乌镇的乡下，此处房屋是他成名后用稿费自行建造的一个住所，茅盾故居包括卧室、书房、餐厅等建筑，其家具与布置仍保留着茅盾当初居住时的样子。小院里有茅盾手植的天竹、棕榈。

丰子恺的缘缘堂和茅盾故居都是用稿费建造的，老舍先生的丹柿小院也是用稿费购置的。可见那个时期的稿费是合理的，现在除了极少数畅销书作家外，单靠稿费购置房屋简直是天方夜谭。

与其他江南古镇一样，从乌镇走出来的名人大家数不胜数。从一千多年前中国现存最早的诗文总集编选者昭明太子，到中国最早的镇志编撰者沈平，著名的理学家张杨园，著名藏书家鲍廷博，晚清翰林严辰、夏同善。乌镇自宋至清千年时间里出贡生一百六十人、举人一百六十一人、进士及第六十四人，一个小镇上出了这么多人物，与江南的淳朴秀美、水乡的博大聪慧、文化底蕴的深厚积淀不无关系。正所谓江南灵秀，人杰地灵。

二〇一一年四月二十三日世界读书日于秋缘斋

【原载 2011 年 9 月 3 日《中国建材报》】

漫步新市古镇

　　离开德清的前一天，寓居德清的作家、书法家郭涌大哥让我陪他去新市古镇，为他的新著《郭涌剧作诗文选续集》定稿。涌兄曾任湖州书法家协会副主席，也是剧作家，创作了大量的电视剧、戏曲作品。七十岁时曾出版了《郭涌剧作诗文选》，现在又以八十一岁高龄出版续集，可喜可贺。

　　新市是德清的一个镇，有一个规模较大的印刷企业，在这里，看到多部德清的镇志。据说，德清的乡镇都出版了镇志，而且都是洋洋洒洒百余万字，江南对文化的重视由此可见一斑。

　　大哥说，新市与乌镇一样，也是标准的江南水乡。涌兄的书稿定版后，印刷公司李总陪我们游览新市古镇。新市古称仙潭，据镇志记载，早在秦汉，百姓群迁，至三国两晋形成市井，建镇已有一千七百余年，其历史之悠久，名列江南七大水乡名镇之冠，当今随处可见的古民宅、古石桥、古寺庙印证了历史之悠久。新市镇区地貌独特，内有三潭、九井。因水成市，因水成街，又因水被分割成十八块，再由七十二座桥梁连成一片，三十六条各具特色的弄堂贯穿于街市之间，构成典型的"小桥、流水、人家"的诗意画卷，目前保存完整的古桥尚存十一座。

踏入石板铺就的古巷，河两岸沿水而建的靠街骑楼基本是清末水乡老街的特色。古朴优雅的石库墙门，精美的砖雕民居，独特的防火墙，石砌的堤岸河埠……我们去的时候，正巧赶上搞河道清淤，河水大部分都放掉了，露出了河底的青泥，因而拍摄出来的古镇图片有些逊色了。

大哥说，这儿最热闹的要数每年一度的清明节蚕花庙会。蚕花庙会还有一个故事，传说，古时有一户人家，父亲出征打仗，女儿在家养蚕。女儿长得漂亮，蚕也养得好，是附近有名的蚕花姑娘。有一年的清明节，从前方传来消息，战场上战斗激烈，父亲被困，女儿救父心切，发下誓言，谁救了她的父亲，就以身相许。几天后，一匹白马把受伤的父亲驮了回来。女儿信守诺言，决定嫁给白马。父亲苦苦相劝，但女儿态度坚决，父亲便悄悄地杀死了白马，女儿得知消息，气绝身亡。乡人皆被这个凄美的故事感动，便把蚕花姑娘和白马葬在一起。第二年，坟头长出一棵桑树，叶子上爬满了白白的蚕宝宝。人们都说那些蚕宝宝是白马和蚕花姑娘变的。人们为了纪念蚕花姑娘，每逢清明，新市人便会举行蚕花庙会。

大哥说，在过去蚕花庙会上还有一个习俗"轧蚕花"，也就是摸奶子。每年这个时候，妇女们都集中到一起，通过一些风俗活动，祈求来年蚕业兴旺。在这一天，男人摸了女人的胸脯，不会受到女人的责骂。相反，没有被男人摸到胸脯的女人，就认为这一年的收成不好。所以，这天的女人们就怕被男人摸得少，被摸得越多越高兴。因而，这天男人可以放心大胆地摸姑娘的胸脯了。时过境迁，现在，这个风俗已经成为街头老人聊天时的一个值得回忆的话题了。

蚕花也是古代当地妇女常用的饰花，清朝朱恒有诗云："小年朝过便焚香，礼拜观音渡海航。剪得纸花双鬓插，满头春色压蚕娘"。现在的蚕花庙会成了当地的狂欢节日，这天有传统节目蚕花娘娘、蚕花仙子的巡游表演，蚕花灯会，文艺演出，等等。

走过一座石桥，对面古宅挂着"林家铺子"木匾，是一九五九年北京电影制片厂拍摄《林家铺子》时的外景地。一九六三年，上海天马电影制片厂《蚕花姑娘》摄制组也曾在这里选拍外景。电影中"鱼米之乡，采桑忙，两岸青青万枝桑"就是唱的新市售蚕茧的热闹景象。

令人意外的是，在这水乡古镇上竟然有一个新市文史馆。进入文史馆的大门，见有许多残碑堆放在那里，估计是从各处收集来的。正面一座两层有雕花门扇的木楼，大厅里是一个巨大的古镇沙盘，整个新市古镇尽收其中，三十六巷、七十二桥的壮观景象呈现在人们眼前。墙壁上有新市古迹图片及说明。一位老人在这里值班，义务为游人解说。一个小镇建起文史馆，且不收任何费用，旨在宣传该镇的宗教文化、运河文化、古建文化、蚕丝文化、饮食文化……新市真不愧中国历史文化名镇之名。不由得为新市决策者的英明之举暗自叫好。江南自古以来为什么出了那么多的文人雅士，看到这小镇上的文史馆，也就不足为奇了。

二〇一一年四月二十六日于秋缘斋

【原载 2011 年第 5 期《新泰文化》】

　　说到昆山，人们自然就联想到苏州的昆山，然而这儿所说的昆山是在有八百里水泊之称的东平湖畔的昆山，它位于山东省东平县西北部，这儿曾是梁山英雄晁盖、吴用、公孙胜、刘唐、阮氏三雄聚义的地方。昆山，又名困山。据光绪版《东平州志》载："县治西北四十里，上有马跑泉。旧传，周穆王行狩至此，为寇所困，苦无水，马刨地得泉，因以'困'名山，泉为'马跑泉'。"

　　东平县有着深厚的文化底蕴，这里有北宋著名的也是历史上罕见的父子状元梁颢、梁固父子；这里曾出土了山东迄今为止发现的年代最早、保存最完好、被评为山东博物馆十大"镇馆之宝"的汉代壁画；这里是元末明初小说家、戏曲家、中国章回小说的鼻祖罗贯中故里；这里有以水浒文化为代表的人文景观、以东平湖为核心的自然景观……

　　对东平向往已久，东平的朋友也曾多次发出邀请，但一直忙于俗务，而未能成行。壬辰五月，接到一个到东平参加会议的通知，这才踏上去东平的旅途。

　　经过几个小时的颠簸，终于到达东平县城，然后又向西前行十几公里，来到了八百里水泊东平湖东岸的水浒影视城，这里是新版电视连续剧《水浒传》的拍摄地。据说，影视城内建起了许多古风浓郁仿宋代建筑，还打造了十五艘巨型宋代战船。车子并未在影视城驻足，仍沿着东平湖继续前行，一个小时后，来到东平湖西岸的东平湖度假山庄。会议内容不多，几个小时就结束了。之后，会议组织方安排与会者游览昆山景区。

山门牌坊上书"七星坊"三个篆字，意喻梁山英雄晁盖、吴用等七雄聚义之处，一组七星石雕形象地刻画出了七雄不同的性格。

山上有个石雕展区，山崖上雕刻了三十六天罡星和七十二地煞星，一百零八位梁山好汉的雕像，惟妙惟肖，传神动人，栩栩如生。山崖下展出昆山附近出土的汉代以来画像石、石雕，有人面蛇身伏羲氏和女娲氏、关羽雕像、隋唐石刻府门之卒、执剑石俑、石虎、石羊等。这些石雕一一排列，摆放缺乏艺术性，给人以杂乱无章之感。若是复制品摆在这儿倒无所谓了，若是真品，便有极高的文物价值，应建一博物馆妥善保存，随意置放野外，真是暴殄天物了。

昆山西麓有寺名月岩，寺庙坐北向南，依山而建，东面紧靠崖壁，山崖有灰岩、页岩反复重叠，不知是地壳运动还是地震所致。

月岩寺由中国佛教协会名誉会长、中国佛学院院长传印长老题写寺名。寺院初建于唐代，明清两代多次重建和扩建，寺院现有大雄宝殿、藏经阁以及左右配殿和后殿，其中，大雄宝殿面阔三间，抬梁式木质结构，立山灰瓦顶，脊上有砖雕双龙戏珠及花卉图案，殿内雕梁画栋，绘满壁画，甚为美观。殿前有唐柏两棵，一为"雀柏"，一为"血柏"，树干粗大，参天蔽日，掩映佛殿。院内左前方有明代万历七年（1579年）重修的全石质结构钟楼一架，四角攒顶，石柱上题记多处，造型精美，是不可多得的明代钟楼建筑。寺院东有马跑泉，泉水终年不断，顺着人工开凿的石槽流入寺内荷花池内。

寺院右侧有三猿像，刻了上中下三只猴子，一只掩耳，一只遮眼，一只捂嘴，寓意为"不听，不看，不说"。日本有《三猿像》图画，出自日本的宗教故事，然而《三猿像》题材源自中国守庚申习俗，中国道教认为人体中有作祟之神三种，叫三尸虫。《太上三尸中经》：三尸虫"为人大害，常以庚申之间，上告天帝，以记人之造罪"。为了防止三尸虫殃人，逢庚申之日，夜晚不卧，守之若晓，这就是古代的守庚申风俗。守庚申的风俗传到日本，人们取三尸虫之数"三"，和庚申之申的属相"猴"，绘出三猿图像。画上猴子掩耳、遮眼、捂嘴，该是针对三尸虫在天帝面前进谗言而构图的，这也正合《论语》中"子曰：非礼勿视，非礼勿听，非礼勿言"之教意。

据清道光十年（1830年）《重修月岩寺碑》载："月岩寺者，为东原八景之一，是我方之巨观也，尝有学士之名流设馆肄业，骚人墨客登眺吟味，诚胜地下。……抚河流之绵缈，仰高山之在望，一泓碧水，实契人心，半月巉崖，贝瞻东鲁，蝇不足称丛林巨刹哉，然泉堪洗耳，石能点头，已足生人道心称胜矣。极目所际，长河（即黄河）如带，是天府灌输也，金线重镇（即东平州城），是河逾之为乎畴衍。"

寺院左前方悬崖上还有许多名人的题刻赞诗，有"南海别院""马跑泉"等刻石，秀逸潇洒，明代于慎行曾写有《游月岩寺》诗。新版电视连续剧《水浒传》中，鲁智深斗恶和尚崔道成的戏份就是在这座古寺里拍摄的。

寺院分前后两进，后院有月岩阁、琉璃世界，月岩阁上下两层的藏经楼，可见当年月岩寺藏经之多，琉璃世界是座千佛殿。这里曾经是全国人大常委会原委员长万里在抗日战争时期的办公处。万里是东平县州城镇西卷棚街人，一九三三年秋考入山东省立第二师范，毕业前，受党组织派遣，回故乡撒播革命火种，月岩寺是万里的秘密办公地点。

月岩寺的住持大悲法师，年仅三十多岁，是泰安市佛教协会会长。不久前，我在济南义净寺听常净法师说法，本想这次与大悲法师交流一番，寺中的一位沙弥说他不在寺中，说明佛缘尚浅，无缘亲聆法师赐法，带着遗憾离开了月岩寺。

昆山南麓有为拍摄新版电视连续剧《水浒传》所建的祝家庄和宋家庄，新版《水浒传》中，"三打祝家庄"一节就是在祝家庄拍摄的，建起了仿古的城墙、城门、护城河等，城墙最高处达几十米，里面还有居民区、议事厅、市场、牢房等，全是按《水浒传》中所描述的格局建造。从祝家庄往下走几百米就是宋家庄了，宋家庄是《水浒传》中宋江的老家，这处宋家庄由四个四进四出互相连通的院子组成。张都监血溅鸳鸯楼、武松醉打蒋门神、宋江奔丧等部分场景是在这里拍摄的。

在寺院的感觉是神圣、空灵、心灵的净化，在这里感觉到的则是血腥、狡诈、铜臭、灵魂的扭曲……同在一山，却是两个世界。有真善美，就有假丑恶；有正义，就有邪恶：这才是真实的社会。

千余年来，月岩寺历经兴衰，今又香客云集，昆山见证着它的旧貌与新颜。月岩寺里的那十几通古碑彰显着东原文化沉甸甸的分量，月岩寺成为昆山的一个文化符号，昆山成为一个时代的文化符号。

二○一三年五月十三日于秋缘斋

【原载2015年1月《泰山文艺》创刊号】

畅游荡口古镇

告别泰伯，再去荡口古镇。江南古镇我曾去过周庄、乌镇、南浔、新市等，今天才知道荡口古镇。荡口古镇位于锡山区鹅湖镇，荡口古名丁舍，相传是东汉孝子丁兰故里，因位于鹅肫荡口而得名。

古镇有钱伟长旧居、钱穆旧居、华君武祖居等许多名人故居。进入古镇，马上被江南所特有的小桥流水人家的景象吸引。我把荡口图片发到微信上，得到大家一致赞美。这儿的景色与周庄、乌镇相比，一点也不逊色，周庄、乌镇等地门票很高，且游人如织、摩肩接踵，人满为患，想单独拍照都难。而荡口古镇不收门票，却显得冷清，说明宣传不到位。但这却正合了我的心意，我可以更多地享受这如画的景色了，游人过多，就有些煞风景了。

我们沿河而行，边走边拍照。四点多钟，建清兄带我们进入一家小店，品尝了无锡灌汤包和馄饨。之后，继续游览，走累了，我和建清兄在河边的木椅上相对而坐，美菊游兴正浓，自己带着相机去玩了。

河里的鱼儿不断翻出水花，在这里一坐，竟不想起来了，好久没有这样静静地坐下来了，每天总是忙忙碌碌，连思考的时间都没有，如果每天抽出一个小时，静静地坐在一个地方发发呆也是好的呀。

不知不觉中，天渐渐黑了下来，夜幕下的水乡古镇更是别有一番风味。五点半，河两岸突然亮起灯来，我一下子激动起来，用手机拍了，再用相机拍，手机拍了随时发微信，相机拍了可珍藏。平时看到的古镇都是在白天，第一次看到古镇的夜景，竟是那样的迷人。

天完全黑了，我们这才恋恋不舍地离开荡口古镇。

二〇一四年十一月十四日于秋缘斋

【原载 2015 年第 1 期《新泰文史》】

朝拜灵山大佛

无锡延伸入太湖中有一个半岛，在岛上的几十个山峰中有一座小山与众不同，山脚下有一座千年古刹祥符寺。传说，玄奘西天取经归来，游历至此，见层峦丛翠，景色非凡，赞赏曰："无殊西竺国灵鹫之胜也！"于是给此山起名小灵山。印度的灵鹫山，是释迦牟尼得道成佛的地方，是著名的佛教圣地，玄奘嘱大弟子窥基在此主持开法，创建了佛教中著名的慈恩宗。祥符寺在历史上规模宏大、高僧辈出、法务兴隆、香火鼎盛。

二十世纪九十年代，修复了千年古刹祥符寺，并在寺后的小灵山上修建了一座高达八十八米的露天青铜释迦牟尼佛立像，称为灵山大佛。赵朴初写《灵山大佛》诗赞曰："湖光万顷净琉璃，返照灵山正遍知。身与云齐施法雨，目垂诲众示深慈。从兹圣迹留无锡，随顺群情遇盛时。喜见朋友师子国，和平世界共心期。"

进入景区后，乘坐游览车到达九龙灌浴处，这里有一数十米高的莲花，我们过去时，正赶上九龙灌浴表演。随着梵音响起，巨大的莲花瓣慢慢分开，露出了佛祖的幼儿像，这时九条龙喷水浴佛。游客遥拜，场面壮观。

从九龙灌浴处乘车至佛手广场。广场建有天下第一佛掌，为大佛右手复制件，印相为"施无畏印"，表示除却众生痛苦，抚慰众生心灵。游客们排队去摸佛掌，以与佛亲近，祈佑平安。

气势恢宏的灵山梵宫与宝相庄严的灵山大佛比邻而立，灵山梵宫建筑气势磅礴，大量运用高大的廊柱、大跨度的梁柱、高耸的穹顶等，既体现佛教的博大精深与崇高，又将传统文化元素与鲜明时代特征相融合。精雕细琢的东阳木雕、敦煌技师的手工壁画、光灿夺目的琉璃巨制、精致典雅的瓯塑浮雕壁画、技艺精湛的扬州漆器、恢宏大气的油画组图……汇集了众多文化遗产、艺术瑰宝的艺术珍品，令人目不暇接。进入其中给人以震撼之感，金碧辉煌，美轮美奂，美不胜收，可谓东方卢浮宫。

一上午的时间马不停蹄地行走于各个景点，大累。本想出了景区好好休息一下，但景区的出口处有五六个相连的大商场，必须绕完一个商场，然后进入另一个商场，否则根本出不去。在商场里走了半个多小时，最后，实在太累了，就干脆在一个小吃店每人吃了一碗牛肉面，借机休息了一会儿，才到达出口处，也终于达到了景区经营者的目的。

二〇一四年十一月十四日于秋缘斋

【原载 2015 年第 1 期《新泰文史》】

第三辑

浮光掠影

走进达茂草原

到达包头的当晚，在包头作家冯传友为我举行的接风宴上，包头师范学院的王素敏教授说："你现在来内蒙古正是时候，到了八月下旬，草原就会枯黄了。"

来到内蒙古就一定要去看看大草原，我说："我们不去景区看草原，那里人造的成分太多，要看就要看原汁原味的草原。"传友说："好的，我带你去达茂旗，晚上可以住在草原上。"传友给达茂旗文联主席打了电话，那位主席热情地订好了晚餐，并安排了两位蒙古族姑娘唱酒歌助兴。

出发之前，朋友提醒我，要带长袖衣服，因为草原的夜晚特别冷。路上想象着在草原过夜的情景，蒙古包前，围着篝火，吃着手把肉，喝着奶茶，看蒙古族姑娘跳蒙古舞，那迷人的景色一定让人心旷神怡，一定会为浓浓的民族风情所陶醉。

车子驶出包头市区，进入眼帘的是连绵不断的大青山，属阴山山脉，这儿的山与内地不同，山上没有树木，只是一堆堆的沙蒿草，远远望去像是南非黑人头上的头发一样。山上石头石质也不好，大多是含铁量极低的褐色矿石，除了开矿以外，没有任何价值。

固阳县属中温带大陆性季风气候，热量不足，无霜期短，风大沙多，降水少，天然草场以荒漠草原为主，许多土地已接近沙质化和砾质化。境内的草原都不是很辽阔，到处是一个个起伏不定的沙包。

当我们到达秦长城遗址时，有一些自驾游的驴友正在那儿不停地拍照。长城是秦代为防御北方民族入侵内地而修筑的防御工事。固阳秦长城遗址全长约一百二十公里，城墙由石块垒筑，宽二点五米，高两米，最高达三点八米。每隔数里设有烽燧。其中保存最好的一段长约七公里。秦长城遗址保存了秦代长城的原貌，对于研究当时长城的特点以及秦与邻近民族的关系，具有重要价值。在长城遗址前稍作停留，继续前行。

内蒙古人和内地人关于距离的概念不同，内地人感到很远的地方，内蒙古人却不感到远。传友说，内蒙古的两个旗之间相距五六百公里之多。中午，到达白云鄂博，距离包头一百五十公里，属于包头市的一个区。四周被达茂旗所包围。白云鄂博，蒙古语意为"富饶的神山"，历史上是当地蒙古族牧民的神山圣地，每年农历五月间，数百里之内的牧民聚集于此，举行盛大的"祭敖包"活动，并召开"那达慕"盛会。白云鄂博的稀土矿工业储量占全世界的百分之三十六，占全国的百分之九十以上，因而被誉为"中国稀土之乡"。

到了达茂旗就有了大草原的感觉，但和想象中的草原还是有很大差别，许多地方更像戈壁滩，根本无法和呼伦贝尔、锡林郭勒及科尔沁草原相比。近年来，为了恢复和保护草原生态，内蒙古实行了禁牧政策，退耕还草，草原全部用网围栏围住，天然草场得到保护，草原植被恢复良好。

《牧歌》唱道："蓝蓝的天空上飘着那白云，白云的下面盖着雪白的羊群。羊群好像是斑斑的白银，撒在草原上，多么爱煞人……"但由于禁牧，已经看不到这种景象了，偶尔见几只骆驼、马和奶牛在悠闲地吃草，也是在草原围栏以外。在生态改善的同时，草原上的野驴、野兔、黄羊、狐狸等动物也多了起来。曾在网上看到过一条"内蒙古达茂旗草原狼多为患不敢打"的消息，说达茂旗草原随着生态的改善，狼明显比以前多了，它们经常在晚上成群结队袭击牧民的羊群，而且狼的胆子也越来越大，有时白天见到了正在放羊的羊倌也不跑，直到咬死几只羊吃饱了才会走。因为狼是国家保护动物，牧民们不敢打。看到这条消息时想，在草原过夜还有一定的危险呢。

为了保住绿色的草原，恢复生态，政府引导牧民改变传统养殖方式，变散养为圈养。国家还投入资金建设了一些居民点，美其名曰生态移民，但也有一些牧民不愿住在居民点里，我们路过了一个叫好来村的居民点，村子有住房、仓房、养牲畜的地方，还有公共厕所，但仍旧是一个空壳村，没有一人入住。

"草原英雄小姐妹"龙梅和玉荣就长期生活在达茂旗。这个故事我一点也不陌生，因为，在读小学时学过《草原英雄小姐妹》这篇课文。蒙古族少女龙梅和玉荣，为生产队放羊时遭遇暴风雪，为不使生产队遭受损失，两人始终追赶羊群，直至晕倒在雪地里。因为严重冻伤，二人都做了不同程度的截肢。因此她们被誉为"草原英雄小姐妹"。这篇课文让龙梅和玉荣成为我和同学们心中的英雄。姐姐龙梅曾任包头市东河区政协主席，妹妹玉荣曾任内蒙古残联副主席。姐妹俩当初的善举有了善报。

前面突然出现一片金黄，在绿色的草原上格外显眼，停下车后，才知道那是一片麦田。我问传友："这时候怎么还有麦子？"传友说："这是春小麦，马上就要收割了。"麦田旁边有一片白色的花，传友说："那是泽蒙花，外形有点类似韭菜花，可做调料，炒菜做饭用，油炝一下特别有味，比花椒更提味。我们中午吃的疙瘩汤里就有这种泽蒙花。"妻子去拔了一些，要带回山东。

天一直阴着，未能领略到大草原蓝天白云的景象。但草原的辽阔和空旷，可以让人变得纯净起来，在这一刻，一切的杂念都从大脑的硬盘中删除了，切身感受到了心绪放飞、回归自然的恬静与舒适。

传友兄接到领导电话，要他第二天参加一部书稿的终审。在草原过夜的计划泡汤了，只好辞掉了达茂旗文联主席安排的晚宴，踏上了返程。无法在夜晚的篝火旁，伴着悠扬的马头琴，听蒙古族姑娘放歌了，但在心中的景象依然是美的！

二〇一一年八月十八日于秋缘斋

【原载 2012 年第 1 期《新泰文史》】

在白云鄂博吃过午饭，继续北行，有四十公里的路程正在修路，车子的速度明显慢了下来。直到下午三点半，才到达目的地敖伦苏木古城遗址，从包头出来已经五个多小时了。

敖伦苏木古城位于内蒙古达茂旗百灵庙镇北三十公里处，车子在一块高约两米的石碑前停下，石碑用蒙汉两种文字写着："敖伦苏木古城，俗称赵王城，始建于元代，是汪古部世居之地，部长阿剌兀思剔吉忽里归附成吉思汗，受到封谥，后子孙术忽难被加封为赵王，这座古城是元代德宁路所在地，是汪古部政治、经济、文化的中心。古城长九百六十米，宽五百八十米，城内建筑颇多。曾出土了著名的'王傅德风堂碑记'碑及珍贵的畏兀儿体蒙文、古叙利亚文墓石铭刻。这座古城对研究蒙元史，特别是汪古部的历史以及汪古部与成吉思汗家族姻亲关系，有着重要意义。"

古城城垣平面呈长方形，规模比楼兰古国还要大。城墙用土一层层夯筑而成，断断续续有所保留。历经近千年的风霜雪雨，仍然矗立在那儿，像饱经沧桑的老人，见证着古城的变迁。古城中仍能看到建筑基础、街道走巷各类痕迹。古城地表散落的大量砖瓦碎片、残柱，令人在脑海中勾勒出古城昔日繁华的景象。一个石碓臼静静地躺在地上，似乎要向前来访古的人们讲述敖伦苏木古城的历史。南城墙外有一条河道，小河已经干涸，只剩下千年前的河沙。在草原上靠着一条河，说明这曾是一个富庶的地方。

据史料记载，汪古部是我国古代北方游牧民族突厥的一支，当时乃蛮部太阳汗派使者到汪古部，邀请他们共同进攻成吉思汗。汪古部的首领知道乃蛮部内部不和及太阳汗无能，料想乃蛮部必败，于是将乃蛮部使者缚送到成吉思汗处，告诉成吉思汗乃蛮部要来进攻的消息。后来，汪古部与成吉思汗合力消灭了乃蛮部。

汪古部原为金朝守护金界壕，成吉思汗率大军进攻金朝时，汪古部首领阿剌兀思审时度势，率部归顺了成吉思汗，并自愿做向导，一举攻下了许多城池。此后，汪古部一直跟随成吉思汗南征北战，屡立战功。蒙古建国后，为报答汪古部，封阿剌勿思为五千户，下谕令其子孙世代封王，并将女儿阿剌海别吉嫁给了他，相约"世婚世友"。 元朝时先后有十六位公主嫁到这里……

敖伦苏木为蒙古语，意思是"众多的庙"，考古人员发现赵王城里有不少庙宇，有天主教堂、景教寺院、喇嘛庙、佛教寺庙等等，说明这里是一个宗教自由的地方。敖伦苏木古城也是元代德宁路所在地。这里的交通十分便捷，通过驿路可东去大都（今北京），西抵报达（今巴格达），南至丰州（今呼和浩特），北上和林（今乌兰巴托），是这一地区政治、经济、文化、宗教、交通中心，在元朝时，起着重要的古丝绸之路作用，可以想象得到敖伦苏木古城当年何等灿烂辉煌。

元朝末年，起义军攻打敖伦苏木古城，第八代赵王率汪古部投降明朝，汪古部的后裔被明政府分散安置，敖伦苏木古城逐渐败落了。据说这里曾出土了龟趺、石俑、石磨、墓顶石等，还有"货泉""开元通宝""景德元宝""元符通宝"等各种古钱币。一九九六年，敖伦苏木古城被国务院批准为全国重点文物保护单位。

现在敖伦苏木古城除了用铁丝网围起来外，没有其他的保护措施，古城中，夯土瓦砾、砖石瓷片比比皆是。我也随手捡了一块砖头和一个瓦片带回去以作纪念。古城墙都是用土夯建，已经遭受近千年的风雨侵蚀，如不加以保护，很难说还能保存多久。若在古城原址建设一座敖伦苏木古城博物馆，不但能有效保护古城，而且可开拓一处新的旅游景点。对发展当地的旅游经济也是有益的。

二〇一一年八月十九日于秋缘斋

【原载2012年第1期《新泰文史》】

天津古文化街是商业步行街，位于南开区东北隅东门外，海河西岸，南北街口各有牌坊一座，上书"津门故里"和"沽上艺苑"，街长六百八十余米，宽五米。这里在古代是祭祀海神和船工聚会娱乐之场所。现已修复的古文化街包括天后宫及宫南、宫北大街，系津门十景之一，也是国家 AAAAA 级旅游景区。

古文化街以经营文化用品为主，有古玩、字画、文房四宝、碑帖、古籍、杨柳青年画、泥人张彩塑、风筝、中西乐器、艺术陶瓷、装潢小件等店铺。

街口地上铺着许多巨大的铜钱模型，什么"永乐通宝""崇宁通宝""光绪通宝"等等，太阳照在上面，金光闪烁，真是满地金钱。

古街两旁挂着各式各样的布幌，皮鞋店门口摆放着一只五十多厘米长的巨型皮鞋，许多游人对着巨鞋连连拍照。卖快板的在门口打着快板，卖乐器的在门口拉着二胡招揽顾客。做糖画的小摊周围围满了人，只见，摊主用一铁勺舀出熬好的糖稀，在一板子上用糖稀画画，三下五除二，一匹骏马就栩栩如生地展现在人们面前。

古文化街一侧有严复铜像，严复是福建侯官人，清末著名的思想家、翻译家和教育家。一八七六年，受朝廷委派到欧洲学习西方的舰船技术，归国后，在福建船政学堂任职一年，就来到了天津，从水师学堂的教务长一直升为校长。一八九八年，他翻译出版了《天演论》，受到了光绪皇帝的接见。严复铜像旁边是大狮子胡同，严复曾在大狮子胡同居住过，那是他一生中对他影响最大的时期。严复寓居天津二十年，他的维新变法的理论体系也是当时最为先进的理论体系，对推动社会的发展起到了积极的作用，因而，他是值得人们纪念的。

古街的文化小城里大都是书店和旧书摊，据说周六和周日两天书摊更多，当地人都集中在那两天来淘书。这儿是我最感兴趣的地方，每一个书店、书摊我都不会放过，在茫茫书海中寻觅猎物。

在一家书店，看到陈子善编的《卖文买书——郁达夫与书》，一九九五年三月三联书店出版。我对郁达夫的书有些偏爱，况且这书还是子善先生所编，绝对不能放过。子善先生编著的书，秋缘斋藏书数十种，都有子善先生的签名。《卖文买书——郁达夫与书》，书相九品以上，问价格，店主只要十元，忙掏钱买下，等有机会再请子善先生签名。

曾听天津作家、藏书家罗文华兄说，天津古文化街有个阿秋书屋，在孔夫子旧书网排在前几名，而且店主是我本家。来到阿秋书屋，规模果然不小。书店的招牌很简朴，只在木板上贴了一张写有店名的红纸而已。

在书架寻觅半天，淘到一册曾纪鑫兄的著作《拨动历史的转盘》。曾纪鑫是湖北公安县人，中国作家协会会员、国家一级作家。以前是武汉市专业作家，二〇〇三年作为重点人才引入厦门市，主编《厦门文艺》杂志。在大陆及台湾出版《千秋家国梦》《永远的驿站》《历史的刀锋》《千古大变局》《一个人能够走多远》《曾纪鑫戏剧作品选》《楚庄纪事》《风流的驼哥》等著作数十种。去年，在温州与曾纪鑫相识，并得到他两册赠书。他的大文化散文写得炉火纯青，深得我的喜爱。我拿起《拨动历史的转盘》，发现竟是一册签名本，店主在封底用铅笔标注十元，不由得暗暗惊喜，真是捡了大漏。

这时，天津民俗学家由国庆兄来到阿秋书屋与我会合，陪我游览古文化街，国庆兄主要收藏老广告，一般的藏品很难入他法眼。但他还是坚持每周到古文化街淘书，我理解他这是找徜徉书市的那种感觉而已。

罗文华兄亦赶来，我们一起游览了天后宫、宫前广场、海河亲水平台。国庆兄说，天后宫是祭祀妈祖的地方，自古以来就有"先有天后宫，后有天津卫"之说，天后宫始建于元代。由于当时海运漕粮，漕船海难不断发生，而天津是海运漕粮的终点，是转入内河装卸漕粮的码头，所以，元泰定三年（1326年），皇帝下令建天后宫，供奉海神天后妈祖娘娘。而天津是因为漕运而兴起，明永乐二年（1404年）正式筑城。因而，天后宫的历史比天津还要长。

天后宫前有两根几十米高的幡杆，我问国庆："这柱子是现在竖的还是以前的？"国庆说："此乃元代遗存。"宫前戏楼下卖药糖的老翟与国庆兄相熟，国庆兄特地请老翟为我们唱了一段原汁原味的《药糖歌》，让我们真正感受了老天津的味道。

在古文化街，大脑一直处于亢奋之中，甚至忘了吃饭的时间，直到下午一时，我们才来到古文化街风情美食街的海河餐厅吃天津狗不理包子。文华兄说，二〇〇五年天津承办全国书市期间，他陪王稼句、徐雁、薛冰、董宁文、止庵等逛古文化街，就是在海河餐厅前的平台上吃的饭。

时值清明假期，古街上游人摩肩接踵，人声鼎沸，犹如春节庙会一般。初入饭店，仍能听到楼下的喧闹，一旦进入了书的话题，喧嚣的市声便不复存在，只有文华、国庆和我们的精神世界了。

二〇一二年四月十二日于秋缘斋

【原载 2012 年第 5、6 期《新泰文化》】

寻访天津名人故居

打的去李叔同故居，司机却不知道在哪。这种情况我曾遇到多次，有一次到潍坊去看十笏园，司机说公园酒店他都知道，但没听说过十笏园。好在天津的这位司机很热情，她打 114 打问李叔同故居在哪，但回答说没有登记。她又给市旅游局打电话，对方也说不清楚。我打通了由国庆兄的电话，让他和司机说明了具体地址，这才总算找到了这位负有盛名的大师的故居。

李叔同故居大门朝东，还没开门，心想：不会不对外开放吧？等了一会儿，出来一人说九点才开门。

李叔同祖籍浙江平湖，生于天津。中国话剧的开拓者之一，在音乐、书法、绘画和戏剧方面，都颇有造诣。从日本留学归国后，担任过教师、编辑之职，后剃度为僧，法名演音，号弘一，晚号晚晴老人。丰子恺在《我的老师弘一法师》中这样评价他的老师："做一样，像一样：少年时做公子，像个翩翩公子。中年时做名士，像个风流名士；做话剧，像个演员；学油画，像个美术家；学钢琴，像个音乐家；办报刊，像个编者；当教员，像个老师；做和尚，像个高僧。"

弘一法师是值得敬重的大师，丰子恺纪念馆馆长吴浩然兄曾赠我数册平湖李叔同纪念馆主办的弘一法师研究杂志《莲馆弘谭》，因而对弘一法师的了解更为深刻。来到天津怎么也不会错过拜谒大师的机会。

刚刚开门，便传来李叔同创作的经典歌曲《送别》："长亭外，古道边，芳草碧连天。晚风拂柳笛声残，夕阳山外山。天之涯，地之角，知交半零落。一瓢浊酒尽余欢，今宵别梦寒。"

李叔同故居由四组院落组成，最外面的院子有假山、人工湖、凉亭等，北面有一个纪念亭，正中端坐弘一法师铜像，其身后的汉白玉影壁上，刻有李叔同为纪念父亲诞辰一百二十周年所书的《佛说阿弥陀经》。

二门上悬挂着李鸿章题写的"进士第"匾额，彰显着李家的显赫地位与身份。故居内有桐达钱庄、佛堂、起居室、洋书房、中书房、意园等。展室里有李叔同各时期的照片、资料、书刊以及他的手迹、书法作品等。每个房间门前抱柱联皆用弘一法师书法，其中一副联让人过目不忘："欲高门第须为善，要好儿孙必读书。"

还有一幅弘一法师的书法作品"念佛不忘救国，救国必须念佛"，跋曰："佛者，觉也。觉了真理，乃能誓舍身命，牺牲一切，勇猛精进，救护国家。是故救国必须念佛。"是弘一法师在国内抗战爆发，民族危机深重之际所写。他对弟子说："吾人所食，中华之粟。吾人所饮，温陵之水。我们身为佛子，不能共纾国难，为释迦如来张些体面，自揣不如一只狗子。狗子尚能为主守门，吾人一无所能，而犹腼颜受食，能无愧于心乎？"

林语堂说："李叔同是我们时代里最有才华的几位天才之一，也是最奇特的一个人，最遗世而独立的一个人。"张爱玲也说："不要认为我是个高傲的人，我从来不是的，至少，在弘一法师寺院转围墙外面，我是如此地谦卑。"林语堂与张爱玲都是不会轻易赞扬一个人的，他们的赞赏说明了弘一法师人格魅力。

故居里有两个书房，一个洋书房，里面有钢琴等西洋乐器，还有一个中式书房，在中书房里有李叔同与兄长李文熙下围棋的蜡像，栩栩如生，手部的肌肉、血管都清晰可见。这组蜡像是根据李叔同与李文熙下围棋的照片复原的。

坐在书房的椅子上，久久不愿离去……

来天津还有一个心愿，就是去看梁启超的饮冰室。二〇〇五年南开大学刘运峰兄曾陪我前往拜谒，结果梁启超故居正在维修，无法参观，只好在路上拍了几张照片。罗文华兄说现在又在维修，我去曹禺故居时，正好路过梁启超故居，只见外面围着建筑隔离板，连照片也无法拍了。曹禺故居与梁启超故居很近，相距百余米，这一片是意大利风情区，是当时中国唯一的一个意大利租界，也是意大利在境外的唯一一处租界。意大利对华贸易有限，来华商人不多。但天津意租界注意市政建设，将其发展成一处高级住宅区。沿街建筑没有雷同，意式建筑角亭高低错落，满眼圆拱和廊柱，广场、花园点缀其间。

曹禺故居纪念馆是一座两层意大利风格的小别墅，楼前有曹禺的半身铜像。这里是曹禺幼年和青少年时期生活居住的地方，内设四个展厅，介绍了曹禺先生的生平事迹及《雷雨》《日出》《原野》等作品。馆内共收藏曹禺先生的著作、手稿、图片、书画等各类珍贵资料及实物千余种。曹禺，原名万家宝，是中国新文化运动的开拓者和中国话剧的奠基人之一，是享誉中外的戏剧大师，在二十三岁就创作出处女作《雷雨》，从此奠定了他在中国话剧史上的地位。

一个作家如何能够住在这种小洋楼里呢？看了图片介绍才知道曹禺的父亲在清朝末年曾与阎锡山一块留学日本，曾任黎元洪的秘书，中华民国成立后，获中将军衔，担任过宣化府镇守使、察哈尔都统等职。

从曹禺故居出来，又来到位于天津中心南部的五大道风情区，东西向并列着马场道、睦南道、大理道、重庆道、成都道五条主要街道。这里汇聚着二十世纪二三十年代建成的英、法、意、德、西等不同国家建筑风格的花园式房屋两千多所，其中风貌建筑和名人名居三百余处，被誉为独具特色的"万国建筑博览会"，包括曹锟、徐世昌以及北洋内阁多位总理、美国总统胡佛和国务卿马歇尔等上百位中外名人都曾在此居住。我们搭乘旅游三轮车走马观花般转了一圈，沿途拍摄了一些小洋楼的照片。

北京拆除了古建筑保护专家梁思成的故居，而天津却完整地保护了这么多的名人故居和风格各异的古典建筑物，为后人保存下一座建筑博览馆，值得庆幸。

二〇一二年四月十二日于秋缘斋

【原载 2012 年第 5、6 期《新泰文化》】

山海关，陈圆圆曾住过王家大院

辞别天津的朋友们，乘火车前往下一目的地山海关。

已经习惯了动车的速度，再坐普速火车，感觉慢得要命，有时一停就是二十分钟，三百公里的路程跑了五个小时。

山海关是明长城的东北关隘之一，有"天下第一关"之称，也是关里和关外的分界线，出了山海关便进入了东北地界。旧时，这里是兵家要地，而现在则成为游客们拍照的景点。

据说，题写"天下第一关"牌匾还有一个故事，当时题匾的人故意把天下的"下"字少写了一点，等牌匾挂上后，大家发现"下"字少了一点，前来视察的朝廷要员马上就到，摘下牌匾重写已经来不及了，急得官员抓耳挠腮，这时，题写牌匾的人不慌不忙地用一棉团蘸了墨汁，用力一甩，棉团不偏不倚补上了那一点。这种传说的可信程度几乎为零，但流传了几百年，大家仍然津津乐道。

山海关的景点介绍上有个王家大院，山西的乔家大院、王家大院为人所熟知，而山海关的王家大院却闻所未闻，心想，既然来了就去看看吧。进入王家大院，迎门是王氏先祖的站立石像。门口有一木牌写着王家大院的简介:"山海关王家大院号称'万里长城第一家',主人曾是山西盐商。大院始建于明末清初,兴盛于咸丰年间,王家主人尊称王三佛,到了光绪年间成为富商巨贾,占据了山海关的'半壁江山',号称山海关'南半城'。"

王家大院占地十亩,内有十几个展厅,上万种展品,大到床铺家具,小到针头线脑,从金银首饰到衣裳布匹、烛台灯火、床橱柜桌、枕箱被帐、冠巾鞋袜、铜盆器皿、瓷漆杯盘、梳洗用具到珠玉珍玩、文房四宝……内容丰富。是山海关地区收藏陈列民俗用品,展示明清生活用具,研究民风民俗,弘扬民间传统文化的专题型博物馆。好多旧时家具、用具我都是第一次见到。

有一间房子据说是吴三桂镇守山海关时陈圆圆住过的。据史料记载,李自成兵临京城时,吴三桂在驰援的路上,明朝就已灭亡,原本他是想向李自城投降的,但当他听说陈圆圆被刘宗敏占有后,就怒向清朝投降,引清兵入关。因而有了吴伟业的"恸哭六军俱缟素,冲冠一怒为红颜"句。

院子里还有大量的石雕、木雕,精美纷呈,大开眼界。

二〇一二年四月十二日于秋缘斋

【原载 2012 年第 5、6 期《新泰文化》】

北
戴
河
，
与
猛
兽
亲
密
接
触

北戴河是休假避暑胜地，许多国家机关都在这里设立了疗养院。城区里没有高层建筑，人口也少，只有六七万人，在这儿基本没有堵车。初春时节来到北戴河有些早了，许多宾馆都因旅游淡季停业。好久才找到一家营业的宾馆，里面也是冷冷清清。

北戴河的房子大都是欧式建筑，门匾字号也都是中俄两种文字。据说夏天俄罗斯人前来旅游休假的人特别多。

只要一提起北戴河，便不由自主地吟咏毛泽东的《浪淘沙·北戴河》："大雨落幽燕，白浪滔天，秦皇岛外打鱼船。一片汪洋都不见，知向谁边？往事越千年，魏武挥鞭，东临碣石有遗篇。萧瑟秋风今又是，换了人间。"到了北戴河心情自然不一样。

距宾馆一百多米便是大海，早晨，推开宾馆的窗户，就看到了大海，顿时神清气爽。人无论有什么困惑，只要来到大海边，心里立马就会豁然开朗。

海边一块巨石上刻有全国人大常委会原副委员长程思远题写的"老虎石海上公园"几个大字。我问出租车司机为什么叫老虎石公园，她指着海边一片延伸入海的巨石说："这片石头像一群盘踞的老虎，所以才叫这个名字。"

由于不是旅游旺季，海边游客反而没有兜售贝壳手镯、项链之类纪念品的小贩多。这个季节也无法下海，只在海边拍照。

北戴河有个野生动物园，在北戴河与秦皇岛之间。多年前曾带孩子去动物园游玩，这些年来，一直为生计奔波，哪有闲心去看动物。据说秦皇岛野生动物园是中国城市中规划面积最大、森林覆盖率最高、环境最优美的野生动物园，设有猛兽区、热带动物区、草食动物区、非洲动物区等二十多处动物观赏及娱乐休闲景区，有亚洲象、美洲虎、非洲狮、东北虎、白虎、棕熊、金钱豹、长颈鹿、斑马、麋鹿、野马、野驴、猩猩、丹顶鹤、绿孔雀等野生动物一百余种，五千余头（只）。

看了介绍，不禁老夫聊发少年狂，去与野生动物亲密接触一下。进入动物园先看了一些小动物，之后来到园内的火车站，乘坐小火车去看猛兽。工作人员说现在用面包车代替小火车，估计是旅游淡季游客不多的原因。等车上游客满员工作人员才发动车子带我们进入铁网围着的猛兽区，远远看到一群狮子在悠闲地漫步，不由得紧张起来，因为我们乘坐的面包车没有任何保护措施，如果受到猛兽的攻击就惨了。然而，当我们路过狮子身边，与它们近在咫尺时，我小心翼翼地打开车窗给狮子拍照，它们却根本无视我们的存在，都不正眼看我们一下。那些老虎、熊也都如此，都失去了原有的野性，如果放归自然说不定不长时间就会被饿死。园里的动物养尊处优，慢慢就会退化，说不定也会和人一样患上"三高"，以后饲养员在喂食时需要在食物中加上降压药了。

上午看了陆地动物，下午前往秦皇岛新澳海底世界，去看海洋动物。新澳海底世界由中国、新加坡和澳大利亚合资兴建，各种海洋生物都有展示。原来在电视上看到用玻璃围成的海底隧道时以为海底世界是挖一条通向海底的隧道，从海下观赏鱼类。今天才知道所谓海底隧道都是在室内建成的。各种海洋动物应有尽有，令人目不暇接。在旅游旺季每天都有海豚表演，现在的表演只是穿着潜水衣的工作人员给鲨鱼喂食。

无论是陆地动物，还是海洋动物，它们在动物园里、在人工建造的海底世界里豢养着，过着衣食无忧的生活，它们的大脑及肌体功能都在不知不觉中发生着变化，最后只剩下可供人们参观的躯壳而已。

二〇一二年四月十二日于秋缘斋

【原载2012年第5、6期《新泰文化》】

承
德
，
拜
谒
魁
星
楼

　　从秦皇岛到承德不通铁路，只好乘长途客车前往承德，汽车又回到唐山绕了一个大弯才驶往承德。

　　从地图上看，魁星楼就在承德车站附近，遂打的去魁星楼拜谒。魁星是我国古代神话中主宰文运、文章的神，即文昌帝君。魁星信仰盛于宋代，在儒士学子心目中，魁星具有至高无上的地位。我国很多地方都建有祭祀魁星的魁星楼、魁星阁，香火鼎盛。

　　承德魁星楼位于承德市区东南部一座山上，始建于清道光八年（1828年），据说是全国最大供奉魁星的道观。

　　魁星楼依山而建，每上十几级台阶就有一组建筑，这样游客看完一个大殿就再上十几级台阶，不知不觉中就到达山顶。如果建筑群集中到一个地方，那高高的台阶就会使人望而生畏。两侧长廊墙壁上挂着道教故事石刻壁画。

　　魁星楼下有一座牌坊，上书金字"龙门"，寓鲤鱼跳龙门之意。过了龙门，拾级而上，依次有中斗宫、荣仕殿、乐真殿、宏文殿、元辰殿、魁星阁等建筑，其中有个状元碑，上面刻着承德市历年高考状元名字，碑的后面还空着很大的位置，以后可以继续添加高考状元的姓名，这对于学生的上进也会起到激励作用。

每个大殿的门口都坐着一位年轻的道士，虽身着道袍，但未留长发，一律平头。

魁星楼建在最上方，气势宏伟。楼内供奉一手拿书、一手拿朱笔的魁星。一位跟旅行团来的老年妇女在魁星像前虔诚地参拜，口中念念有词。我想他一定是在为自己的孙辈祈祷。

登上魁星楼放眼远眺，承德市貌一览无余，心生一览众山小之感，顿时心旷神怡。倘若身边没有那些随团旅游的小学生，一定会大声呐喊，呼出心中的郁气。

二〇一二年四月十二日于秋缘斋

【原载 2012 年第 5、6 期《新泰文化》】

闲走避暑山庄

承德四面环山，如果不是清代皇帝的青睐，在此建避暑山庄和木兰围场，说不定这儿现在还是穷山沟。避暑山庄带动了整个承德经济的发展，并惠及子孙后代，这也是大清皇帝为承德人留下的一笔宝贵的财富。

避暑山庄内有山，有湖，有平原，许多建筑都是各地名胜的缩影。由于在旅游淡季，游客不多，在游湖船上等了好长时间，直到上来一个台湾的旅游团，这才开船。

金山在一个澄湖环绕的小岛上，也叫上帝阁。导游说，围着上帝阁转一圈保平安，转两圈交财运，转三圈交桃花运。本是玩笑话，但大家还是都在围着转，一会儿，一位台湾老者说，我转了三圈。大家哈哈大笑。

山庄内各种设施应有尽有，还有皇上上朝办公的大殿。在清代，这儿是中国的第二政治中心。我最感兴趣的是文津阁，文津阁于乾隆三十九年（1774年）建成，一九五四年重建。仿照浙江天一阁而建，从外面望去是两层，实际是三层，阁中辟一暗层，这样阳光不能直射到藏书库。

乾隆皇帝在《文津阁记》中写道："欲从支脉寻流，以溯其源，必先在乎知其津。"此句即含有"文津"之意。《四库全书》定稿后抄写了七套，为了庋藏《四库全书》，在全国修建了七座皇家藏书楼，其中北京故宫内的文渊阁、圆明园的文源阁、沈阳故宫的文溯阁和承德避暑山庄的文津阁又称北方四阁或内廷四库。但这七部《四库全书》随着中国的命运沉浮，只有文津阁内的藏本保存完好。一九一五年，文津阁本《四库全书》由国民政府内务部运归北京，藏于古物保存所，后拨交新成立的京师图书馆（今国家图书馆的前身）保存，现在已成为国家图书馆的镇馆之宝。

文津阁内除了藏有《四库全书》外，还藏有《古今图书集成》《御制诗》等珍籍。后来《四库全书》运往北京，《古今图书集成》却被军阀盗卖。

文津阁的院子里没有一条正儿八经的路，进入大门便是假山，从假山下的山洞通过，然后再从高低不平的石头上经过才能进入文津阁。石洞曲折幽邃，洞顶有一曲形石孔，光线漏射到池水中，恰如一弯新月。头顶皓日当空，池中却素月高悬，日月同辉，成为避暑山庄绝妙景观。

来到烟雨楼，导游说，当初《还珠格格》就是在这儿拍的，成龙等人也曾来此拍戏。现在避暑山庄成为国家 AAAAA 级旅游景区，不让剧组前来拍戏了。

我发现山庄内的杨树上有些异样，问导游怎么回事，导游说，那是一种叫冬青的寄生植物，用它烫脚可治冻疮。看来这皇家园林真是与众不同，连普通的杨树都和老百姓种得不一样。

避暑山庄附近有一个野风寨，园区内有富有民族风情的歌舞表演和少数民族特色的娱乐活动，还能品尝满族风味的二八席，手把羊肉、烤全羊等特色小吃。本想去体验一下，导游说现在游客少演员们都回去了，野风寨要等五一之后才有表演。只能等有机会再来欣赏了。

二〇一二年四月十二日于秋缘斋

【原载 2012 年第 5、6 期《新泰文化》】

第四辑

书香行旅

探访千乘楼

　　余喜聚书，以文史为主，尤爱方志、家谱。丙午年末，收到一浙江邮件，为二〇〇八年一月山西古籍版的《中国家谱藏谈》一册，系浙江慈溪家谱收藏家励双杰所著，来新夏题签，徐建华序之。书前附有部分家谱书影。勒口有作者简介，作者自二十世纪九十年代开始，经手、过眼、编目的家谱近十万册，其千乘楼藏一九四九年以前所修家谱逾万册。收录于《浙江家谱总目提要》及《中国家谱总目》之家谱数量为私藏之最。

　　《中国家谱藏谈》一书介绍了作者所藏的稀姓家谱、合姓家谱、复姓家谱、彩绘家谱、红印本家谱、少数民族家谱、红色名人家谱、边缘谱牒等，并配有大量的家谱图片，既有观赏性又具资料性。书中夹有一张作者名片，随即与励双杰取得了联系，此后不断鱼雁往还，探讨家谱的收藏与研究。看到古籍充盈的千乘楼图片时，就想，励双杰生活在这汗牛充栋的古籍堆里是何等的惬意，何等的幸福。有机会也一定去看看双杰的千乘楼。

　　五月份，中国阅读学研究会在宁波举办年会，南京大学徐雁教授约我会后一起去慈溪访友，正合我意。会议结束后，便与徐雁、陈学勇、林公武等人前往慈溪。慈溪市属宁波市代管的县级市，城建规模超过了北方的一些地级市，单从气势恢宏的图书馆大楼上就可以看出当地政府对文化的重视。

励双杰住在慈溪市郊一个河边的普通的小院，院子里一座两层楼房，楼前一棵结满果实的柚子树。一楼的陈设极其简单，只有一个方桌、几把竹椅，没有一件像样的家具，真不敢相信身处富庶之地竟有如此简陋的陈设。

上了二楼就像进了书店的库房，四壁书架上全是线装本家谱，还有好多堆在地上。千乘楼又名思绥草堂，斋名由来新夏先生题写，由于四壁都是书架，斋名牌匾却无处可挂。楼上的宝藏与楼下的简陋形成了强烈的反差。励双杰搞家谱收藏始于一九九三年，当时，他在一个古玩市场看到一套《西华顾氏宗谱》，第一次见到这种深藏民间，一般秘不示人的家谱，就产生了一种冲动。问了一下价格，对方答曰，一共三十二册，索价一千元。他也没仔细翻阅，还价五百元，把这套家谱买了下来。双杰说："这是第一次接触家谱，对家谱如果有什么概念的话，要从这部《西华顾氏宗谱》算起。但就是这第一次，给我如此强烈的冲击，并且在以后的岁月里，能一直保持着同样震撼、特殊的感觉。这也许是一种与生俱来的固有本性，家谱成为我生命中最重要的组成部分。"

千乘楼所藏的家谱中还有许多名人家谱，像李鸿章的《合肥李氏宗谱》、粟裕大将的《粟氏族谱》、毛泽东的《韶山毛氏族谱》、杨开慧的《蒲塘杨氏六修族谱》、彭德怀的《湘乡久溪彭氏续修族谱》、徐向前的《五台徐氏宗谱》、黄炎培的《黄氏雪谷公支谱》、胡耀邦的《安定胡氏族谱》……

家谱不同于一般的古籍，收藏者都是作为传家宝一代代往下传的，绝对不会出卖自己的家谱。双杰收藏了那么多的家谱，没有一套是直接从本家族中买来的。一次，他根据朋友提供的信息，到一农户家看谱，正巧，老人在院子里晾晒家谱，老人听说双杰是来看家谱的，就把他和以前曾来买他家谱的当成一个人，老人性格倔强，拿起家谱，随手扔进了一旁的火炉，并说："老祖宗的东西，不卖！"双杰赶紧把家谱抢出来，连说："不卖不卖，我也不买。"

千乘楼里的每一部家谱都有着不同的来历，背后都有一个精彩的故事。双杰收藏家谱以来，与各地旧书商、古玩商建立了广泛的联系，只要有家谱出现，都会和他联系。一九九九年除夕，他接到嵊州一位书商的电话，说有一部咸丰五年（1858年）敦本堂木活字本《董氏宗谱》，该谱仅印了五部，其中有泥金所书一十二页，泥金写本在古籍中并不多见，是难得的家谱珍品。但当时正值过年，无法抽身去嵊州，待年后再去时，家谱已被人买走。与一部珍贵家谱失之交臂，使他懊恼不已。值得庆幸的是，半年后，双杰在一家古玩店里看到了这部使他耿耿于怀的家谱，虽以高出原价两倍的价格购得，仍喜出望外，珍若拱璧。这种失而复得的机会并不多见，一次，双杰买到一套《湘潭马氏族谱》，五十五卷，还没仔细研究，被一位马姓朋友缠着转让，因抹不开面子，便让给了朋友。后来得知，这套家谱竟是台湾马英九的家谱。但已经给了朋友，就不能再去索回。以后，再也没有遇到这套家谱。

《韶山毛氏族谱》是他一直惦念于心、孜孜以求的族谱。盖谱于清乾隆二年（1737年）创修，此谱上下两卷两册，现国家图书馆仅存下卷残本；光绪七年（1881年）二修；宣统三年（1911年）三修；民国三十年（1941年）四修。最初的《韶山毛氏族谱》除了国家图书馆的残本外已无存，其余二修、三修、四修族谱，共二十二卷二十二册。要想收集齐全谈何容易。直到一九九五年，双杰才在广州一家古玩店里看到一册《韶山毛氏族谱》，但老板说是镇店之宝，不卖。到了二〇〇一年，根据湖南一位书友提供的信息，他花了两万多元买到了十五册残本。后来，千方百计四处寻觅，终于把二修、三修、四修《韶山毛氏族谱》二十二册配齐了。双杰把二十二册族谱全部摊开摆在地上，他也坐在地上与《韶山毛氏族谱》面对面坐了两个小时，本来不喝酒的他，打开了一瓶干红葡萄酒，一边品酒，一边欣赏他好不容易淘来的宝贝，心里就别提那个美了。虽然花费了四万多元人民币还有六七年的时间和精力，但他觉得值。

叶灵凤说："藏书家不难得，难得的是藏而能读。藏书而又能读书，则自然将心爱的书当作自己的性命，甚至重视得超过自己的性命。"藏书而不知读，犹弗藏也。我曾参观过一位藏书人的书房，他收藏了数千册图书，其中不乏精品，与之交流，却发现他不读书，随问之，不读书藏书何用？他说，为子孙留下一笔财富。若其子孙与他一样，那书便失去了存在的意义。励双杰不但藏书，每收到一种家谱，便悉心研究、考证，有关谱学文章发表于《寻根》《北京日报》《天一阁文丛》《谱牒学论丛》《中国商报》《藏书报》等报刊。并出版了《慈溪余姚家谱提要》《中国家谱藏谈》等学术著作，《千乘楼藏名人家谱》初稿也已完成，正在修订中。二〇〇八年三月，励双杰应邀参加由北京大学、南开大学、美国犹他家谱学会等单位主办的地方文献国际学术研讨会，并在大会上作了《家谱与地方文献》的专题发言。

尤其出乎意料的是，他还以藏书为题材，创作了一部长篇小说《阳谋》，在博客和论坛上连载后，受到了众多网友的追捧。

我问双杰，搞家谱一共花费了多少资金？他说，没统计过，保守估计应该有数百万了吧。家谱由于存世少，一般又不会出卖，因此价格也高于一般古籍。有时购买一套家谱就要花费几万元，他妻子经常取笑他："买家谱时热血沸腾，回家查存款四肢冰凉。"夫唱妇随，没有妻子的理解和支持，双杰是无法取得这些成就的。难怪美国哈佛大学燕京图书馆善本室主任沈津在来过千乘楼后，撰文认为励双杰毫无疑问是中国民间收藏家谱的魁首，并称他"富可敌省"。

在励双杰的千乘楼里，来访的客人们都在寻找着自己感兴趣的资料。我发现一套山东的《展氏族谱》，拿出翻阅，该家谱为和圣柳下惠（展禽）家谱，为民国五年（1916 年）石印本。该谱一函七册，分别为头册、次册、天部、地部、人部、忠孝部、风雅颂部。在头册前有"兖邑祠庙神像图""泰邑和圣祠庙神像图""和圣祠墓神像图""食邑柳下书堂图"等，在圣祖（柳下惠）年谱中记载："二十六岁远行，夜宿于郊，时天大寒，有一女子趑趄，恐其冻死，乃令坐于怀，以衣覆之，至晓不乱。"遂一一拍照，待回家仔细研究。

社会学家潘光旦先生也沉醉于搜集家谱，曾有人送他一副联曰："寻自身快乐，光他姓门楣。"这何尝不是励双杰的真实写照呢。

二〇〇九年六月八日于秋缘斋

【原载 2009 年 6 月 12 日《中国新闻出版报》】

姑苏书香行

二○一○年世界读书日期间，余应邀赴铁琴铜剑楼所在地常熟古里参加由中国阅读学研究会与博览群书杂志社联合举办的"书香古里：2010'华夏阅读论坛"。其间，先去拜访了苏州名士王稼句，参观了稼句兄的书房、晚清四大藏书楼之一的铁琴铜剑楼、翁同龢故居，游览了沙家浜及留园、寒山寺等，特记之行程，与众友共享。

4月20日，星期二，阴转小雨

上午十点，乘车赶到泰安，在车站附近的一家小饭馆吃过午饭后，就到泰山火车站候车室等候。由于常熟不通火车，我们订了 D195 次沈阳至上海的和谐号动车，在苏州下车，然后再转车去常熟。

第一次乘坐动车，感觉很好，车厢里干净整洁，座位与飞机座位差不多，而且两排座位之间的距离比飞机要大、宽敞，而且不会像一般的快车那样超员。一路上都在下雨。晚九点半，在苏州站下车，雨仍在下，打的前往王稼句介绍的新天伦之乐大酒店住下。

4月21日，星期三，小雨转晴

雨不紧不慢地下了一夜，早晨反而更大了，如果这样下去，就没法出门了。用过早餐后，雨终于停了。打的来到王稼句所在的世纪花园。稼句兄的房楼前有一条河，楼后也有一条小河，他说前面的河是护城河，后面的河是内城河，他的房子就在原来城墙的位置。稼句兄住四楼，是复式建筑，他的房子加上阁楼共三层，有二百多平方米，底层是生活区，二层四个房间都放满了书，我把他书房一一拍摄了图片，我说："你的书房是苏州最好的风景。"

在过道里挂着胡适的书法"有一分证据说一分话"。

我问："是胡适的真迹吗？"

"是真迹，但是胡适的拜年帖。"稼句兄说："胡适写了许多同样的条幅，作为拜年的礼物送人，我已经发现三幅同样的作品了，黄裳先生家里也有一幅。"

稼句兄有许多斋名，他曾用过补读旧书楼、栎下居、梦栎斋、城南小筑等，现在的斋名为听橹小筑。稼句兄曾在文中写道，我每天总要站在阳台上，望着那潺湲不息向东流淌的河水，还有偶尔在水上漂移的舟楫，尤其在夕照里，波光粼粼，泛着金黄，远处的山峦在高楼间露出淡淡的影子。正因为他所处的特殊位置，才有如此富有诗意的斋名吧。在他的一个书房中悬挂着版本目录学家、原文化部国家文物鉴定委员会委员、上海图书馆原馆长顾廷龙先生为他题写的"补读旧书楼"。

另一间书房里有流沙河先生写的唐代诗人胡宿的诗句："佳人挟瑟漳河晓，壮士悲歌易水秋。"款识"稼句先生涵赏 流沙河 二千年秋成都"。流沙河先生的书法别具一格，他自己也说他的字别人很难仿写。

稼句兄的书法也别有一番风味，我趁机向稼句兄求字。他说，写什么内容呢？我说，就写周作人的诗吧。稼句兄拿出钟叔河编的《儿童杂事诗》，随手翻开一页，提笔写道："老鼠今朝也做亲，灯笼火把闹盈门。新娘照例红衣裤，翘起胡须十许根。知堂儿童杂事诗应阿滢嘱稼句。"钤"王稼句"白文印章。

稼句兄每有新著出版都寄我一册，因而他近年所出著作秋缘斋全部有藏，他便送了我几册别人的书。时近中午，他打电话约来了封面设计专家周晨。我曾看过许多周晨设计书衣的书，稼句兄在《读书琐记》一书中也有《书装家周晨》一文，虽未见面，但对他有所了解。他原与稼句兄同在古吴轩出版社工作，后来调任江苏教育出版社苏州办事处主任。见面后，周晨赠《闲画小辑：周晨水墨小品》和他设计的笔记本《周庄记忆》。

稼句兄知道我不善饮酒，从家里带了一瓶法国葡萄酒，来到附近的一家酒店吃饭。稼句兄善饮，像山东人一样豪爽，他的酒量我领教过，但周晨兄滴酒不沾，我陪他把那瓶葡萄酒消灭掉。我想，没人陪他豪饮，他一定不会尽兴的。

作家薛冰说过："到苏州不看稼句的书房，不喝稼句的茶，不饮稼句的酒，就等于没到苏州。"稼句兄的书房看了，茶水喝了，酒也饮了。真是不虚此行了。

午饭过后，周晨送我们到苏州汽车南站，乘车前往常熟。到虞城大酒店报到时，看到签到本上有郑州大学图书馆赵长海的名字，放下行李，便来到赵长海的房间聊天。十几年前，我与他交流过许多县志，他藏书四万余册，郑州大学图书馆为他开辟专室存放藏书，他的藏书也公开对外借阅。这次会上有一项议程是他的新著《新中国古旧书业》首发式座谈会，他说在来开会之前，刚刚拿到样书，送我一册毛边签名本。

回到房间，海宁《水仙阁》主编陆子康兄与慈溪上林书社童银舫、胡遐、励双杰来访聊天。

晚，整理会议文件，见文件袋里有书刊数册，其中有线装本《铁琴铜剑楼题咏》，一函一册，宣纸印制，常熟市图书馆整理，二〇〇八年十一月中华书局出版；《近代江苏藏书研究》，江庆柏著，二〇〇〇年十月安徽文艺出版社出版；《瞿氏铁琴铜剑楼研究》，曹培根著，二〇〇八年九月苏州大学出版社出版；另有《水仙阁》杂志及《图书馆报》等。

4月22日，星期四，晴

在宾馆用过早餐，乘大巴前往铁琴铜剑楼所在地常熟市古里镇会议中心出席"2010书香古里'首届阅读节'开幕式暨全国首家'华夏书香之乡'授牌仪式"，中国阅读学研究会会长、江苏省政协常委、南京大学徐雁教授向古里镇授予"华夏书香之乡——书香古里"牌匾。仪式结束后，来自各地的三十余位专家、学者到三楼会议室参加"书香古里与晚清四大藏书楼报告会"，由中国阅读学研究会副会长、人民教育出版社编审刘真福主持会议，南开大学教授陈德弟，湖南衡阳师范学院教授高虹，徐雁的四位硕士研究生荣方超、唐曦、吕竹君、许琳瑶，江苏太仓学者陈秉均，浙江慈溪上林书社社长童银舫，河南《寻根》杂志副主编郑强胜，常熟理工学院教授曹培根分别作了发言。最后，徐雁先生作了《古里常熟，琴剑书香》的报告。

会议日程安排得非常紧张，匆匆吃过午饭，与会人员便去参观铁琴铜剑楼，铁琴铜剑楼与山东聊城海源阁、浙江吴兴皕宋楼、浙江杭州八千卷楼合称晚清四大藏书楼。铁琴铜剑楼建于清乾隆年间，原名"恬裕斋"，由瞿绍基创建，瞿绍基去世后，其子瞿镛更名为"铁琴铜剑楼"，原因是在金石古物中，瞿镛尤为珍爱一台铁琴和一把铜剑，"尝得铁琴铜剑，遂以名其藏书之楼"，铁琴铜剑楼由此得名。瞿氏五代楼主都淡泊名利，以读书、藏书、刻书、护书为乐，总藏书达十多万册。铁琴铜剑楼的藏书历经劫难，日本侵华时期，第四代楼主瞿启甲把书移藏于租界，瞿氏在常熟城里的住宅和古里的老宅，除古里老宅内的部分房屋幸免于难外，其余斋室堂舍以及所留书籍一千多种三万多册悉成灰烬。瞿启甲临终遗命："书不分散，不能守则归之公。"第五代楼主遵父命，在新中国成立后，将所藏珍本、善本及文物全部捐献给国家，现分藏于北京图书馆、上海图书馆和常熟图书馆。

一九九一年，常熟市人民政府重新修缮藏书楼，由楚图南先生题写楼额。于楼内用图文并茂的版面介绍、展览柜的实物介绍、当代书法名家的墨迹介绍，反映该楼旧藏面貌，褒扬瞿氏世代爱书、藏书、护书、献书的事迹和对祖国文化事业作出的巨大贡献，并正式开放。

在楼主读书的房间，案上摆放了几册线装书，大家纷纷捧书拍照，以沾点灵气，我也做读书状拍了一幅。

铁琴铜剑楼主人不同于其他藏书者，藏书秘不示人，他们在藏书楼第三进楼下开辟了阅读室，前来查阅古籍者，可以在这儿阅读抄录。主人还对读者提供茶水服务，对远道而来者还提供食宿方便，深受海内外学者的赞赏。

参观结束，回到会议室，参加"晚清藏书主题研讨会暨《新中国古旧书业》首发式座谈会"，会议由中国阅读学研究会副会长、河南师范大学教授张正君主持。郑州大学图书馆赵长海介绍了其新著《新中国古旧书业》编写出版情况。中原工学院图书馆馆长张怀涛首先发言，我第二个发言，慈溪族谱收藏家励双杰、福建师范大学教授陈琳、人民教育出版社张华娟等相继发言。

会上收到书刊一宗:《铁琴铜剑楼与中国藏书文化学术研讨会论文集》,铁琴铜剑楼纪念馆二〇〇八年十一月编印;《上林文丛》第二卷、《溪上书香》、《上林》、《博览群书》《尔雅》等。

晚上,古里镇举办了欢迎酒会。回到虞城大酒店,常熟理工学院教授曹培根与铁琴铜剑楼纪念馆馆长钱惠良来访,相互赠书。

4月23日,星期五,晴

会议结束,接待方安排与会者旅游。到了常熟自然要去拜谒有"中国维新第一导师"之称的同治、光绪两朝帝师的翁同龢故居。翁同龢不仅是政治家,也是一位学问深厚的学者、诗人和书法家。翁家巷口有一座醒目的汉白玉状元坊。牌坊对联:"此中出叔侄大魁、昆弟抚相,画栋雕梁门第,海虞称冠代;何必数榜眼感旧、会元有坊,华篇胜迹声名,琴水让高山。"联中"叔侄大魁"是指翁同龢、翁曾源叔侄先后状元及第。

翁同龢故居是江南地区保存较好的明清建筑。其明清建筑包括彩衣堂、轿厅、玉兰轩、书楼阁、后堂楼、双桂轩、晋阳书屋、思永堂、柏古轩、明厅等。走进翁氏故居的主体建筑彩衣堂,迎面悬挂着一幅牡丹图,两旁是翁同龢所书对联:"绵世泽莫如为善,振家声还是读书"。我想正是这种与人为善、坚持读书的家庭教育,才使得这条老巷里,在清末的不到百年间,叔侄两位中了状元,五人进士及第。

知止斋是翁同龢父亲藏书的地方,取《老子》"知足不辱,知止不殆,可以长久"之意。此楼与玉兰轩构成一个小区,作待客之用。楼上藏书,楼下供宾主吟诗、论文、赏书、品画。翁同龢的父亲翁心存有诗句云:"福禄贵知足,位高贵知止"。

甲午战争惨败后，翁同龢向光绪帝举荐康有为等进步人士，力主变法维新，为光绪帝拟定并颁发了戊戌变法的纲领性文件《定国是诏》，揭开了百日维新的序幕。因触犯了慈禧太后等人的利益，为此被开缺回籍，革职永不叙用。从此回到家乡常熟，开始了隐居的生活。临终前，他口占一绝："六十年中事，伤心到盖棺。不将两行泪，轻向汝曹弹。"道尽了老人的宦海沉浮和无限忧伤。翁同龢著作有《瓶庐丛稿》《瓶庐文抄》《翁松禅遗墨真迹》《翁松禅相国尺牍真迹》《翁松禅手札》《松禅遗画》《翁文恭公日记》《翁文恭公军机处日记》等。

晋阳书屋是翁同龢读书之处，晋阳书屋匾下挂有翁同龢的一副对联："入我室皆端人正士，升此堂多古画奇书。"室内存放经史子集，文房四宝一应俱全，书案上铺有毛布，上有宣纸。南开大学陈德弟教授坐在书案前，展纸提笔，做书写状，其妻依偎在他的身边，我笑道："真是红袖添香呀！"，我给陈教授拍完照片，也上去拍了一幅。

砖雕门楼也是翁同龢故居的一景，在上镌"源远流长"四字的清代砖雕垂花门楼前，徐雁兄的四位弟子荣方超、唐曦、吕竹君、许琳瑶与我合影留念。

翁氏故居后有一古玩市场，《博览群书》主编陈品高问我哪有旧书卖，我问了一下卖瓷器的摊主，他说，只有周六和周日才有旧书摊。陈主编说他看到徐雁买了一包旧书。我们四处寻找，在另一个小胡同的拐角处看到了一个只有几平方米的小书屋，慈溪的童银舫、胡遐和励双杰都挤在里面淘书。有旧书决不能放过，我也挤了进去，四个人在里面转身都困难。我挑了《钱君匋传》和《萧红评传》。这时，徐雁兄又转了回来，买了几册《常熟文史资料》。

从翁氏故居出来，乘车前往沙家浜。常熟打响了沙家浜的旅游品牌，就连苏嘉杭高速公路的常熟出口也叫沙家浜。其实这儿原来不叫沙家浜，抗日战争时期，叶飞率领新四军奉命转移，在这儿留下了三十六位伤病员，以芦苇荡绿色帐幔为掩护，依靠地方党组织和无数"阿庆嫂""沙奶奶"式的当地群众，与日伪匪展开了不屈不挠的斗争，谱写了一曲曲军民鱼水情深的赞歌。作家汪曾祺以此为素材创作的沪剧《芦荡火种》轰动申城，名闻江浙。后改编为京剧《沙家浜》，家喻户晓，百姓传唱，沙家浜由此闻名遐迩。

以郭建光、阿庆嫂等形象为主创作的大型主雕屹立于瞻仰广场中央，后面是叶飞题字的沙家浜革命历史纪念馆，馆内陈列了沙家浜革命斗争历史照片和革命文物。同时还采用了现代化多媒体景箱、场景复原、花岗岩浮雕等多种手段布展，更加增强了展览效果。

看了纪念馆，乘坐游览车来到了依水而建的红石村，村内的古街及两旁的古建筑都是新造的，村内有展现沙家浜的民俗风情的史料馆、古船馆、水乡农具馆，"垒起七星灶，铜壶煮三江；摆开八仙桌，招待十六方"的春来茶馆也坐落其间。对于这种人造景点，我不感兴趣，买了一杯甘蔗汁坐在河边休息。等他们打电话约我，我才赶到一个小码头的集合点。上了游船，进入了芦苇荡，这才感到赏心悦目，心旷神怡。在这儿可以想象当年新四军与敌人周旋于芦苇荡的情景。导游说，这儿水深只有两米，芦苇荡与湖州的下渚湖湿地公园差不多，只是规模没有下渚湖大。

人们在游船上兴致勃勃地拍摄着两岸的芦苇，在钢筋水泥的世界里待久了的人看到这儿的景色哪能不兴奋呢。芦苇荡风景区占地面积一千多亩，其中芦苇荡面积占百分之五十。蓝天、碧水、芦苇让人感觉到空气新鲜。在这儿可以得到拥抱自然、享受绿色生态、追寻返璞归真的真实体验。

沙家浜景区里游人如织，随着《沙家浜》《三言两拍》等影视剧在这里陆续拍摄，沙家浜的知名度进一步提高，成为著名的旅游特色乡镇。这一切全部得益于汪曾祺先生的作品《芦荡火种》，而在景区中却没有看到关于汪曾祺的任何介绍。我说："汪曾祺的一部戏养活了这么多人，当地政府应该在景区最显眼的位置为汪曾祺先生塑像才是。"同伴也点头称是。

在景区内的阳澄湖大酒店用过午餐，乘车来到常熟车站，与大家道别后返回苏州。仍下榻新天伦之乐大酒店。

4 月 24 日，星期六，晴

本来打算先去寒山寺朝拜，再去拙政园欣赏苏州园林艺术。酒店的工作人员推荐一日游项目，并告知种种方便及好处，等我们上了旅行社的车子，也就被牢牢地套住了。

留园是中国四大名园之一，集住宅、祠堂、家庵、园林于一身，与苏州拙政园、北京颐和园、承德避暑山庄齐名。苏州造园艺术令人称奇，许多以室内窗框为画框，把室外空间作为立体画幅引入室内。

导游只解说了大概情况，便带着游客匆匆地走，园内许多景点都没有去，在贯穿全园的曲廊壁上嵌有历代著名书法石刻，根本没有时间欣赏。

从留园出来，又去走马观花般看了合称"盘门三景"的苏州西南的"盘门"水陆城门、横跨运河的"吴门桥"和"瑞光寺塔"。其中除了瓮城稍有可观之处，没有留下多少印象。

虎丘有"吴中第一名胜"之称，苏轼曾经说："到苏州而不游虎丘，诚为憾事。"传说，吴王阖闾死后葬于此地，但由于虎丘塔已向西北倾斜，成为"东方比萨斜塔"而无法攀登，车子只能停在公路上远远地看了一下虎丘。

唐朝诗人张继一首《枫桥夜泊》，使寒山古刹名扬天下。寒山寺内如同集市，想拍张照片都找不到空间，等了半天总算在张继诗碑前拍了一张照片。在寺内捐了一百元钱，和尚给了一份盖有寒山寺法主和方丈印章的募捐证书，并赠送了一份《寒山寺》佛教季刊。然后，交了五块钱后，排队上了钟楼，敲钟三下。

寺庙本是僧人清修之所，但寒山寺内，摩肩接踵，人声鼎沸，钟声不断。在这红男绿女的世界里，僧人如何静心修行呢？何况还有一些创收项目需要僧侣配合。"枫桥夜泊"的深远意境是再也无法体会到了。

最后一站是报恩寺，俗称北塔寺，是苏州最古老的佛寺，号称"吴中第一古刹"，建于三国，据说是孙权为报母恩所建。为八面九层宝塔，游客可登上宝塔瞭望苏州市貌。

在整个旅游过程就像是被导游驱赶的羊群，导游不停地挥着手中的鞭子，羊儿连吃草甚至东张西望的机会都没有，就被簇拥着赶到另一个地方。一个旅游景点也只有一小时的时间，而导游强行把游客带到了三个购物点，每个购物点都要停留一个小时时间，等游客重新上了大巴车，导游也迟迟不到，人们心里明白，导游在后面算账收取回扣呢。无论如何抗议，导游依然我行我素。一天的旅游要在购物点停留将近一半时间。导游代表着一个城市的形象，这些利欲熏心的导游玷污了"天堂之城"的圣洁。

4月25日，星期日，晴

在火车上睡了一夜，几天来的疲劳稍得缓解。七点半，火车到达泰山站。

苏州之旅结束了，新的行程又将开始！

二〇一〇年四月二十至二十五日于苏州、常熟途中

【原载 2010 年第 8 期《时代文学》】

東
北
漫
行

　　几年前，在郑州巧遇徐雁兄，他说，要趁着年轻多走一些地方。他的想法与我不谋而合，这些年来，除了读写外，我一直在利用各种机会行走。五月份，在天津举办的全国读书年会上，又与徐雁兄谈起了这个话题，我数算着还没有去过的几个省份，并计划用几年的时间走完。在天津读书年会结束时，哈尔滨和厦门都在申办后年的全国读书年会。黑龙江和福建我都没有去过，便想，后年可以去黑龙江或者福建了。

　　乙未初秋，哈尔滨的杨川庆先生发来消息，要在黑龙江绥棱举办"《友人的赠书》赠书活动暨作家绥棱林区行活动"，邀请了黑龙江省内的出版社编辑、杂志主编等参加，外省只邀请了我和长沙的彭国梁兄。川庆兄的邀请，使我的黑土地之旅提前了两年时间。

书人杨川庆

　　杨川庆是诗人、作家，是官员，而这次黑龙江之旅，我又认识到一个不一样的杨川庆，一个书人杨川庆。

　　我与川庆兄接触时间不长，只大体了解他的工作经历。川庆兄是黑龙江省鸡西市人。在黑龙江大学中文系后，先后担任《雪花》文学杂志编辑部副主任、北方文艺出版社副社长、《名人》杂志副主编、哈尔滨日报报业集团《家报》副总编辑。后来转行从政，先后任黑龙江省委办公厅秘书、嘉荫县委副书记，现任黑龙江省委办公厅副主任。

川庆兄早期从事诗歌创作，先后出版过三部诗集、一部散文集，后来转向小说的创作，出版了《官道》《女省长》《省长秘书》《政界》等畅销的官场小说，一时洛阳纸贵。

川庆兄带我和彭国梁去他的新居参观了他的新书房。为了孩子上学方便，他们一家只有周末才来新居住。因而，川庆兄的许多藏书并不放在新居。新居临近松花江，因而书房有了一个特别有声势的名字——瞰江居。

瞰江居的书橱每层里外放两排书，这样找书很不方便。我和国梁兄一一打开橱门，参观他的藏书，我发现他有好多与我相同的书，看来我们兴趣大致相同。客厅的沙发后面也放了三个大书橱，很是壮观，这儿不是他的全部藏书，那处旧房里一定还有不少书。他当过出版社和杂志社编辑，交往的文人多，藏书一定少不了。

客厅里悬挂着一幅陈从周先生的书法作品。陈从周是中国著名古建筑园林艺术学家、同济大学博士生导师。同时，还是散文作家和画家，是张大千先生的入室弟子。出版有《书带集》《春苔集》《帘青集》《随宜集》《世缘集》等散文作品。陈从周是徐志摩的表妹夫。陈从周在《记徐志摩》一文说："志摩父申如先生，是我妻蒋定的舅舅，又是我嫂嫂徐惠君的叔叔，我是我嫂嫂抚育成人的。"徐志摩去世后，他收集整理了徐志摩的相关资料，编写了《徐志摩年谱》一书。川庆兄家里挂着陈从周的墨迹，也说明了主人不随流俗的品质。

川庆兄的夫人陆少平也是一位诗人，她拿出她的诗集《有赠》分别签名赠我与国梁兄。她在黑龙江日报社工作，出版有诗集《一个女大学生的情思》《有赠》、散文集《经纬小品》等。陆少平身体纤细，有骨感之美。她说，一次参加一个文学活动，当一位作家得知她是壮族时，说："你不是壮族。"大家都用诧异的目光看着那位作家，稍等片刻，他才慢条斯理地说："你是瘦族。"大家哄堂大笑。

我问："你们是因为写诗走到一起的吧？"

她说："我们是大学同学。"

同学，同学，志同道合，也是因为有着共同的爱好，他们才喜结连理，在书海徜徉。

读书圈的同好，往往看重书友有没有出版书话方面的集子。有书话集子出版，仿佛能够一下拉近书人间的距离，而《友人的赠书》是杨川庆出版的第一部书话集，小三十二开本，是非常好看的一本书。现在的书越出越厚，越出越大。而这本精致的小书，便于携带，既可阅读，又可把玩。该书收录了三十五篇文章，每篇都插有书影以及作者为川庆兄的题款签名。从作者落款的日期看，都是二十世纪九十年代的赠书，那个时期正是川庆兄当编辑的时候，与各地作家接触较多。三十五篇作品中有一半是写诗人的，从中可以看出当时川庆兄的当时还是以诗歌作为主要的创作体裁。

杨川庆跟彭国梁在三十年前就有交往，在他写彭国梁的那篇《书生活》中，开篇写道："我有两个叫彭国梁的朋友，一个在湖南，一个在云南，皆为二十世纪八十年代有影响的诗人。"看到这里不禁哑然失笑，我在写云南作家马旷源的文章《瞧，这个人》中，开头写道："在我交往的师友中有两位知名的美髯公，一位是湖南的彭胡子——彭国梁，另一位是云南的马胡子——马旷源。两位都是才华横溢、著作等身的作家。"二文有异曲同工之妙。

川庆在《视野》一文中还记录了一个有趣的故事，武汉中南民族大学教师邹建军当年与妻子住在一间低矮阴暗的库房里，楼上住着一对老夫妻，每天晚上，楼上都聚着一些人搓麻将，一搓搓到凌晨三四点钟。由于房子老旧，隔音不好，搓麻声清清楚楚传到楼下，弄得邹建军想睡睡不着，想看书又看不下去。后来，他每天晚上都到附近的教育学院图书馆看书、写作，收获了丰硕的果实。一九九三年，邹建军用稿费和家里积攒下来的钱，买下了妻子单位一个二居室房子。临搬家时，家人朝楼上嘟囔一句："再不听那烦人的麻将声了。"邹建军对家人说："别烦别烦，要不是那麻将声让我不安宁，说不定我还没那么专心发奋呢，麻将无罪，麻将无罪。"

该书文字精短，每篇都在千字左右，写了与作者的交往、书的内容、对书的评价等。均符合中国书话大家唐弢先生指出的关于书话的定义："书话的散文因素需要包括一点事实，一点掌故，一点观点，一点抒情的信息。"

川庆兄在《跋》中说："我珍藏着许多友人的赠书，关于这个话题，我将写下去。"

我们期待着，川庆兄《友人的赠书》的续编、三编早日问世！

文化绥棱

在来黑龙江之前，对绥棱一无所知，听川庆兄介绍绥棱林区领导如何重视文化，心中颇不以为然：边陲山区，能有什么文化？在哈尔滨吃过早餐后，驱车前往绥棱林区，高速路上车辆稀少，路两旁都是大片大片的玉米地，一望无际，上百里见不到一个村落，这种景象在山东是看不到的，给人的感觉就两个字——辽阔。经过三个小时的行驶到达绥棱林业局，这儿地处黑龙江省小兴安岭南麓，绥化市绥棱县境内。

《友人的赠书》赠书活动暨作家绥棱林区行活动仪式在绥棱林区举行，来自黑龙江省内的有黑龙江省委办公厅副主任、《友人的赠书》作者杨川庆，《诗林》杂志主编潘洪莉，《岁月》杂志主编潘永翔，黑龙江省商务厅刘杰锋，黑龙江省楹联家协会副主席兼秘书长刘兴君，《新晚报》编辑吴马克，作家金龙寿，黑龙江省委办公厅副主任科员龙新宇，以及湖南彭国梁和我参加了活动。杨川庆向绥棱林区赠送了二百册《友人的赠书》。

绥棱林业局党委书记张海波介绍说，绥棱林业局始建于一九四八年，林区人口六万余人，是黑龙江省开发建设较早的森工企业之一，绥棱林业局生态文化旅游景区刚刚被国家旅游局评定为国家 AAAA 级旅游景区。我原以为绥棱林业局是绥棱县的一个普通单位，听介绍才知道绥棱林业局是国家森林企业，隶属于黑龙江省森林工业总局。林业局下面的部委办局、公检法、学校、医院、社区一应俱全，与一个市的建制差不多。

下午，乘坐林区的小火车游览了林区的社区、文化园、幼儿园、文化广场、博物馆等。

有人说：“来过绥棱林业局的人，都会有同一个感触——这是一座充满着文化底蕴的林城。在这里，文化已经成为一种动力、一个符号，深入到绥棱人的灵魂里。”一点不假，绥棱林区处处彰显出文化元素。在文化园广场上的墙壁上刻着一篇气势磅礴的《绥林赋》：“茫茫林海，巍巍大山。福地绥林，努敏河源。掌舒沃野，身披兴安。经六十载风雨立苍茫大地，绘万亩新绿于秀美山川。物华天宝，浩然廿余万公顷碧波汹涌……"

文化园、鼎盛园、植物园、环岛、林俗文化街、廉政文化街、文化宫、展览馆，无不承载着深厚的文化内涵。绥棱最高建筑为二十层的六九九文化传播中心，现代化的高楼大厦同样蕴涵着文化的元素，外观设计成一把钥匙形状，寓意为开启智慧的钥匙。文化中心内设有孔子学堂、吴宝三文学馆、黑陶展馆、影视制作公司、3D影院等许多文化的舞台。

六九九影视制作公司拍摄了许多电影、微电影和专题片。他们根据发生在绥棱林业局的真人真事拍摄的微电影《做你的翅膀》，在黑龙江省微电影评比中获得金奖。我们去绥棱博物馆参观时，看到在博物馆附近陈列着四五节绿皮小火车，影视公司的人正在那儿拍摄一部电视剧，一个拿着手枪的演员站在火车上射击，估计拍摄的是一部抗战题材的电视剧。

一个地区文化程度的提高，必然带动文明程度的提高，绥棱林业局领导班子，正以他们的文化修养，改变着当地居民的生活习惯、生活方式和行为规范等。林业局领导丝毫没有官架子，他们与群众关系十分融洽，局长邓士君介绍说，平时没时间，每天清晨五点多钟，他和书记张海波以及班子成员都会到各小区街道散步，百姓有什么问题可随时跟他们反映，并马上予以解决。在绥棱林区"天天都是接待日，处处都是办公地"。有同志称这是绥棱林业局独创的"晨练工作法"。

绥棱林区没有工业污染，就是一个天然氧吧。街道上一尘不染，社区里干净整洁，总觉得与其他城市不一样，又想不出哪儿不一样，经人提示，才突然发现：在绥棱林区上空看不到任何电线，所有的电线全部走地下管道；街道、社区里看不到垃圾箱，每天都有专人到每个楼层收集垃圾。如果绥棱林区申报国家卫生城市应该是毫无悬念入选的。

文化和经济在社会发展中必须并驾齐驱才行，经济越发达，如果文化跟不上，这个社会就会变得可怕了。投资文化，效果并不是马上可以显现出来，因而许多当政者把眼光只盯在招商引资和大项目上，往往忽视了文化的价值。绥棱林业局领导重视文化的做法是值得其他地方借鉴和学习的。

在即将离开绥棱时，局长邓士君送我一部他的摄影作品集《感悟生命》，书分上下册，从他多年来所拍摄的五百余种、数千张野花图片精选了数百幅野花图片。因他拍摄的野花品种多、数量大而被摄影界誉为中国野花拍摄第一人。邓士君说："生活是美好的，我经常去山上林场，在检查工作的空闲时间，拍摄下这些千姿百态的小花，展现给读者，了解生态，感受原始之美，让人们的心灵充满花的芬芳。"

他不但是摄影家，还是诗人、书法家，出版过三部诗集，由他填词创作的歌曲《罗勒密河我心中的河》，曾荣获全国原创音乐歌曲一等奖。绥棱许多建筑物的匾的题写也都是出自他手。

为什么绥棱的文化建设让人惊叹？我终于找到答案了。

探访熔岩石海

绥棱林区的活动结束后，黑龙江省内的作家打道回府，我则与彭胡子、美菊、阿宝在龙新宇陪同下，前往五大连池游览。

五大连池火山群是由远古、中期和近期火山喷发形成的，现有十四个独立的火山锥和一系列盾状火山。最近的火山喷发，则在公元一七一九年至一七二一年，据清嘉庆年间西清著《黑龙江外记》一书记载："墨尔根（今嫩江县）东南，一日地中忽出火，石块飞腾，声震四野，越数日火熄，其地遂成池沼，此康熙五十八年（1719年）事。"这次喷发形成了五大连池最年轻的火山之一老黑山和火烧山，地质学家称之为新期火山。此次喷发溢流的熔岩在四个地方阻塞了区内的石龙江，形成了五个火山堰塞湖，最终形成"五大连池"，五大连池市因而得名。

十一点半到达五大连池市，下榻省工人疗养院的劳模度假中心。这儿的客人基本是俄罗斯人，我们上楼时一位俄罗斯人用生硬的中国话说："你好！"然后指着国梁兄的胡子叽里呱啦说了一通俄语，他只会说"你好"，我也只会说"哈拉少"，他说什么我也听不懂，估计是对国梁兄的大胡子感兴趣了。俄罗斯女孩一个个都很苗条，除了个别演艺界人士外，其他女孩一旦结婚生了孩子，就都变成了肥壮的大妈，令人费解。

午饭后下起雨来，只好回房间等雨停后再出去。我刚打开电脑，小龙就来敲门，雨停了。到达老黑山景区，换乘景区的面包车进山，路两侧当年火山岩浆冷却后的遗迹，火山岩高低起伏，就像波涛汹涌的大海。据介绍，石海是新期火山喷发的产物，表现形态为渣状熔岩，俗称翻花熔岩。听说它的成因是熔岩流动时，前端熔岩表层冷却呈塑态，速度减缓，阻力增大，被后续熔岩流推挤而翻滚破碎与其胶着，凝固后便形成了这种国内独有的奇特地质遗迹，其势如大海一般波涛汹涌，故曰石海。看到这波澜壮阔的场面就可以想象得到火山喷发时的情景。

下车后，又下起雨来，我们坐在候车长廊里等待雨停。老黑山的雨来得快，去得也快，十多分钟雨就停了。再乘游览车去火烧山，刚上车，又开始下雨，而且很急，车子驶过低洼处便溅起大片水花，就像行驶在水面上的冲锋舟。到了火烧山，雨小了些，我们打伞下车在木栈道上欣赏大自然的杰作。我去过海南澄迈县的火山口国家地质公园，两处岩浆留下的遗迹不同，这儿更让人震撼。

远远望去，熔岩组成的"大海"，波浪起伏，浩浩荡荡，气势磅礴，仿佛还能听到阵阵涛声，令人叹为观止。

石海的缝隙里生长着许多植物，或许是这些植物只是汲取熔岩缝隙里少得可怜的土质的营养，因而都不高大，但千姿百态。其中有种袖珍的杨树，叫火山杨，树龄一般都有几十年或上百年，能在这种条件下生长，也说明了它顽强的生命力。

雨越下越大了，拍了一些火山堆照片后，坐上游览车往回走，游览车只有车顶，两侧空着，我打开雨伞挡在身上，跟国梁兄说："与国梁兄雨中游火山也是难得的机遇，这样更有情趣。"

在游览车上冻得我瑟瑟发抖，我特意带来的长袖衣服在宾馆里。我不断地用手相互捋动着胳膊来增加一些热量。

从火烧山下来，天就晴了。美菊阿宝和小龙跟着导游上老黑山，我与国梁兄在山下亭子里聊天，天南海北一通神聊，聊蒲松龄，聊萧金鉴，聊读书圈里的朋友们……

下山的时候，有人惊呼："彩虹！"天边果然出现了彩虹，这是多年没有见到的景致，心里一阵激动，不由得唱出了"不经历风雨，怎么见彩虹……"

翌日，导游带我们去温泊景区。我问什么是温泊，导游说，火山喷发后沟底形成的一条河流，在黑龙江每到冬季江水结冰两三米厚，大货车都可以在江面上行驶。而神奇的是这里的水温常年保持在十四摄氏度左右，即使地面温度零下三十摄氏度，温泊仍然热气腾腾，是一个温暖的湖泊，所以叫温泊。

景区内需要走一点八公里的曲折木栈道，沿途有晶泊、碧泊和丽泊三处湖泊景观，然后坐游船驶出温泊水域。景区内全是火山熔岩形成的奇观，木栈道铺设在火山岩上面，走在栈道上可以近距离观察熔岩，大自然的力量让人感叹，"人定胜天"是一个荒谬的论断，联想到不久前，一场大风把台湾刻有"人定胜天"四个字的石碑刮倒了，这是大自然对人类无知的揶揄。

火山熔岩的表面上长着一种黑色的苔藓，附着在熔岩的表面上。导游说，这种苔藓遇到水就会变绿，是活着的。苔藓大都长在潮湿的地方，而熔岩基本是裸露在太阳之下，在这种干燥的条件下，苔藓如同熔岩干燥的表皮，附着在熔岩上，千百年地缓慢生长，说明它的生命力是何等的顽强。

火山熔岩中几乎看不到动物，在碧泊附近的熔岩上竟然有一条一尺长的小蛇在爬动，蛇的颜色几乎与熔岩一致，不仔细看根本发现不了。

彭国梁夫妇与司机小高、导游在前面走，美菊和小龙陪我边走边聊边拍照。用了两个小时才走到码头，就像走完了二万五千里的长征路。

到了这里则是另一种景色了。从荒寂的火山熔岩中走出来，似乎一下子进入了另一个世界里，河道两侧长满了芦苇，坐上游船，在幽静的河道中穿行，仿佛进入了江南水乡，畅游在沙家浜的芦苇荡里。

不知是哪位诗人写了这么一首诗："岩花石海伴苍苔，妙景天成难剪裁。知晓连池奇绝貌，世人应悔不曾来。"欣赏到了熔岩石海的壮观景象，真是不虚此行了。

美丽黑河

多年前，黑河军分区副参谋长姚刚上校邀请我去黑河一游，从地图查看了一下，黑河市位于黑龙江省西北部，小兴安岭北麓，与俄罗斯远东地区第三大城市——阿穆尔州首府布拉戈维申斯克市隔江相望素有"北国明珠"之称。内心非常向往，但实在太远了，不知何时才能成行。看到本次行程有黑河市，不禁喜出望外，这次可以见到联系多年而缘悭一面的姚刚兄了。

进入黑河境内，黑河市委办公室的徐建国先生已在地界等候我们，我们跟着他的车子先到了黑河口岸的出境处，黑河市已开通黑河至俄罗斯的边境旅游异地办证办法，游客无需护照，凭一张身份证就能从黑河直接赴俄罗斯旅游。早上，乘坐气垫船前往俄罗斯布拉戈维申斯克市，当地人都简称为布市。七分钟后抵达对岸，在俄罗斯玩一天，下午再返回黑河，就像周末到郊外逛一天那么简单。但办理出境手续，第二天才可以出境。因行程已排满，没有出境时间。

徐建国说："我带你们到黑龙江边看看吧。"这里与俄罗斯布市只有一江之隔，以黑龙江主航道中心为界，最近距离七百余米，江对面俄罗斯布市看得很清楚。原以为对岸都是欧式建筑，却和中国基本一样，看不出有什么差别。

来黑河前就知道黑河地区寒冷，无霜期只有三四个月，全年平均气温为零下一点三到零点四摄氏度，最冷时曾经达到零下四十八摄氏度。

我带的长袖衣服就是为了在这儿穿的，没想到气温很高，沿着江边走了一段就已大汗淋漓了。

我与彭国梁分别在标有黑河边境的标志物前拍了照片，留作纪念。

徐建国说："黑河有个俄罗斯商品一条街，你们若感兴趣，我带你们过去看看。"

大家欣然同意，我们没法出境参观，去看一下俄罗斯商品也好呀。原以为俄罗斯商品一条街都是俄罗斯人在经营，到了这儿才知道经营者全是中国人。这条街上大部分是俄罗斯的小商品和工艺品。许多商店都有俄罗斯套娃，俄罗斯套娃是俄罗斯特产木制玩具，一般由多个一样图案的空心木娃娃一个套一个组成，最多可达十多个。琳琅满目的俄罗斯套娃一排排地摆在那儿，等着人们来认领回家。

我进了几家玉石店，玉石、玛瑙、琥珀琳琅满目，但无法辨别真假，也不敢买，只是过了一下眼瘾而已。

我跟徐建国说："黑河我有个朋友，麻烦你约他过来一块吃晚饭。"

他问："你朋友叫什么名字？有他的电话吗？"

我说："他叫姚刚，原在黑河军分区，是位上校。"

"是姚参谋长呀，我认识。"这世界真小，没想到他们竟然熟识。

晚上，姚刚来到我们下榻的商贸大酒店，相交多年终于见面。徐建国老家山东龙口，还保持着山东大汉热情豪爽的特性，不停地劝酒。因见到老友姚刚，一时兴起，我也喝了数杯红酒。

姚刚原任军分区副参谋长，正团级，小我两岁，已退休，自己代理了一家暖气产品。晚饭后，姚刚来我房间，送给美菊一条项链作为见面礼。他指着江对面的一栋大楼说："那座正对着我们的出境口的大楼是俄罗斯阿穆尔州州政府办公楼，它的东面相邻的小楼是布市政府办公楼。"

姚刚说："黑河的夜景很美，我带你们去看看。"我约国梁兄和阿宝一块去看黑河夜景，国梁兄感到有些累，不想去了。难得来黑河一趟，怎么也不能错过欣赏黑河夜景的机会呀，于是我和美菊随姚刚出去。

黑河是黑龙江省的十三个地级行政区之一，但人口不多，不足二百万人，城区与我所栖居的新泰差不多大。黑河的亮化工程搞得好，夜景确实漂亮，姚刚开车沿着主要街道行驶着，我坐在车上随拍照片，把这些美丽的景色都储存起来。

翌日早晨，徐建国带我们到酒店的十九楼旋转餐厅用餐，黑河市貌一览无余，布市与黑河市看起来似乎是一座城市，因而黑河市与布市被称为双子城。

电视连续剧《闯关东》里的"朱家大院""二龙山"等许多外景都是在黑河拍摄的，随着《闯关东》的热播，许多人都在探寻"朱家大院"和"二龙山"，有商家趁机注册了"朱家大院""朱开山""震三江""二龙山""朱开山闯关东"等商标，一部电视剧竟然带动了经济的发展。

黑河的夜空展现出了迷人的魅力，黑河的白天依然很美。在黑河的高速公路上行驶，两旁是绿色的庄稼，和海南一样，根本看不到裸露的土地，满眼的绿色，玉米、大豆、水稻，一望无际，俨然一幅大自然的美丽画卷。

庄稼上面便是白云，在车里看云，感觉就像坐在飞机上，那些云朵变换着各种图案，从身旁飘过，天蓝得不太真实。整日生活在灰蒙蒙的天空之下，一下子置身于此，就像进入了童话的世界。我不停地拍摄着各式各样的云朵，以《黑河的云》为题，连续发布了多条朋友圈，引得大家阵阵赞叹。

黑河这座美丽的边境小城牢牢地刻在我的记忆里。我想以后有机会重游黑河，再体验一下黑河的边境文化内涵。

夜幕下的哈尔滨

二十世纪八十年代有一部描写抗日地下斗争的长篇小说《夜幕下的哈尔滨》，故事情节曲折惊险，风靡一时，给我留下了深刻的印象。

当我走出哈尔滨高铁站时已是晚上十点，街道上行人明显地少于其他省会城市，或许哈尔滨人不喜过夜生活吧。司机送我们刚到下榻和平邨酒店，长沙的彭国梁兄夫妻也到了酒店，他们乘坐的飞机晚点，也刚刚抵达哈尔滨。把行李安顿好，杨川庆兄带我们去吃夜宵。

哈尔滨素有冰城之称，每年冬季都要举办国际冰雪节，持续两个多月，与日本札幌雪节、加拿大魁北克冬季狂欢节和挪威滑雪节并称世界四大冰雪节。川庆兄说近几年冬天到哈尔滨旅游的人数竟然超过了三亚。我问川庆兄做冰雕的冰块是如何做成的，川庆兄说，冰是从松花江里凿出来的，冰厚两米左右，做冰雕只能用松花江里的冰，因为松花江里的冰是透明的，黑龙江里的冰则不透明。

坐了一天的火车，有些累了，饭后已近凌晨，第二天一早还要赶路去绥棱参加活动，于是就直接回酒店休息了。

在绥棱的活动结束后，我们一路往北，去了五大连池、黑河等地。当从黑河再回到哈尔滨时，又是华灯初上，我说："两次进入哈尔滨看到的都是夜幕下的哈尔滨。"

我们直接去了著名的中央大街，与川庆兄会合，中央大街是哈尔滨最繁盛的一条商业步行街，南北长一千四百米。这条长街始建于一八九八年，街道建筑包罗了文艺复兴、巴洛克等多种风格的建筑七十一栋。后来由俄国工程师设计，为中央大街铺上了长十八厘米宽十厘米的花岗岩方石，形状大小如俄式小面包，因而人们称之为面包石。

中央大街灯火辉煌，犹如上海的中山路，游人熙熙攘攘，是名副其实的不夜城。国梁兄也是手机控，边走边拍照，有座椅的地方就坐下来发朋友圈。

川庆兄说，来到中央大街一定要吃这儿的马迭尔冰棍。他为我们每人买了两支。马迭尔冰棍是哈尔滨中央大街特色冷饮，由法籍犹太人开斯普于一九〇六年在哈尔滨创建，距今有一百多年的历史，其名称"马迭尔"从清朝到民国到现在，一直沿用未改，成为我国最早的冷饮企业之一。虽然五元钱一支，但一直畅销不衰。

走到中央书店前，书店已打烊，没法进去淘书，我和国梁、川庆二兄在门前合影留念。

逛了中央大街，川庆兄又带我们去圣·索菲亚教堂，圣·索菲亚教堂是一座典型的拜占庭式东正教教堂，是哈尔滨的标志性建筑。建于清光绪三十三年（1907 年），是沙俄军队修建中东铁路时修建的一座随军教堂。由于时间太晚，无法进入参观，只看到了它气势恢宏外貌。

教堂广场上有四五位为人画像的画师，其中有位留胡子的画师看到彭胡子，站起来与彭胡子合影，他拿出一本相册边给我们翻看边说："我经常参加电视剧的拍摄，我演过周恩来，大部分是演土匪。"国梁兄看到他曾出演电视连续剧《悬崖》，便产生了兴趣，他说："我看过《悬崖》。"画师趁机忽悠给彭胡子画像，彭胡子一时兴起，就坐了下来请他画像。

其他画师又在游说我与川庆兄，川庆兄说："我们也画一张吧。"我想反正也是等着，就画一幅吧，如果画得好，可用在下一本书里。我按画师的安排坐在那儿，头也不敢左右摆动，一会儿就感觉脖子有点酸了，坐在这里比坐车还要累，用了近一个小时才画好。阿宝说我们三个的画像我这幅最像。美菊则在一旁笑说，画得我太嫩了。

结语

这组文字是外出途中在休息的间隙里断断续续地写下的，有的是晚上回酒店后用自带的电脑写的，也有在途中用手机写的，回来后又稍加整理。东北之行虽是走马观花，也给我留下了很深的印象。黑龙江还有许多可去的地方，比如说漠河，那是中国的最北端，找不到北的人到了那里就可以找到北了。川庆兄说他曾任职的嘉荫县环境更好，习惯了雾霾的人到了那里就会出现"醉氧"现象，在那里睡眠效果也特别好。有机会一定去体验一下。

二〇一五年九月二日至八日于秋缘斋

【原载 2016 年第 1 期《新泰文史》】

美
丽
大
皿
行

　　几年前，看央视《北纬 30°·中国行》节目，其中一集介绍了一个叫大皿的文化古村。大皿的老街旧巷，古建筑的雕梁画栋，木雕花窗，让我心生向往。大皿与我所栖居的山东新泰颇有渊源，新泰羊氏家族号称泰山羊氏，在东汉时期已是有名的地方豪族，后来一直活跃在魏晋南北朝时期的政治舞台上，对当时的政局产生了重要的影响。唐末至五代战乱不停，门阀士族遭到严重打压，羊氏家族便慢慢退出了历史舞台。有官职的羊氏全部南迁，大皿村的羊姓便是由山东新泰辗转迁徙而去的。乙未秋日，第二届中华羊氏文化研究与发展论坛在大皿召开，我作为嘉宾应邀出席了会议，从而圆了我的大皿寻访梦。

　　大皿村在浙江省磐安县，地处浙江中部大盘山的中心地区，是钱塘江等四大水系的发源地。乘坐高铁到达杭州后，再转乘大巴去磐安。出了杭州就一直在大山里行走，路两侧皆是高山峻岭，穿过了无数的隧道，驶过了数不清的大桥。车行群山峡谷间，山岭层叠与清幽更增加了这次寻访的神秘感。

　　大皿村始建于唐武宗年间，距磐安县城二十公里。因地势如一个巨大的器皿而得名，村分皿一、皿二、皿三、皿四共四个自然村，有人口三千余人。这儿文风鼎盛，蕴藏着深厚的文化底蕴，曾出过六位进士，八位举人，一位武状元和许多的贡生、秀才。村内古建筑多为明清时期遗存，被誉为"大盘山中的明清古村落"。

进入村子，便看到了一条南北走向的小溪，把村子一分为二，村民临水而居，沿河成街。每隔百米，便有一座形态各异的石桥贯通两岸。溪水潺潺，水中红鲤清晰可见，一些村妇在溪边用古老的木棒槌，捶打着浣洗的衣服，三两个老人坐在石桥上悠闲地聊天，孩子们在一旁嬉闹奔跑，舒适自在的田园景象让人心醉。

大皿村四面环山，北面山有两个对称的山峰，因而名为双峰山。双峰山植被丰茂，气候宜人。接待我的羊增粮先生说："磐安是九分山、半分水、半分田。"他说大皿所在的双峰乡森林覆盖率达百分之八十五点三，大气质量、水质常年保持优良水平。夏季平均气温只有二十七摄氏度，真是避暑纳凉的好去处。

漫步大皿街头，仿佛通过时光隧道回到明清时代，河东岸一座建于明万历年间的进士牌坊，为纪念宋代进士羊永德而建，牌坊三间四柱，中间开门，用磨制青砖叠砌，两端饰鸱吻，瓦棱上饰双狮，主脊檐下施半拱四朵。坊额正中阳刻"进士"两个大字，左刻"宋绍圣甲戌进士羊永德"，右刻"二十五世孙文授重立"。明间上下方横梁额坊为浮雕凤凰牡丹、双狮戏球图案，次间横梁额坊为浮雕鲤鱼跳龙门等图案，工艺颇精。清康熙、光绪年间重修，并绘壁画。这座矗立了数百年的进士牌坊历经风雨，见证着大皿村的兴衰。

朋友带我走进牌坊北侧的一个小胡同，来到一座古宅门前，大门上方嵌有凤凰砖雕，两侧的窗棂上各有两条鱼的砖雕，惟妙惟肖。上了几级石台阶，进入院内，是一座两层的木制建筑，楼房木雕精美绝伦，人物花鸟山水栩栩如生。进入室内，一位老人起身相迎。朋友介绍说，老人叫羊省三，今年九十七岁，仍精神矍铄，步履轻盈。羊省三老人非常关心村里的公益事业，有些大的活动也都亲自参加。在抗日战争时期，宁波中学迁到大山深处的大皿村避乱办学，历时三年，羊省三时任宁波中学校长。卧室里的竹制书架放满了书，有《磐安县志》等文史类书籍，由于时间关系，我没有仔细翻阅。如果时间允许的话，与老人聊上几天，一定会大有收益。

告别老人，我们继续在老街上寻访着历史的遗迹，大皿村历史文化遗存丰富，村内的明清至民国时期的各类建筑包括民居、宗祠、庙宇、桥梁等有六十余处。我们沿河而行，看到许多老年人向前聚集，我们随着人流往前走，看到一个帆布大棚，一旁电子显示屏上显示着浙江晓琳婺剧团的演出剧目。

深圳的王国华兄喜欢地方剧目，并就地方戏剧写了许多文章。受他的影响，只要有机会，我也总要欣赏一下各地的剧目。去包头时曾听过二人台，去汕头时看过潮剧，这次赶上婺剧演出，正好可欣赏一下。

婺剧得名于金华的古称婺州，源于明朝中叶。婺剧的表演夸张、生动、形象、强烈，讲究武戏文做，文戏武做。所谓"武戏慢慢来，文戏踩破台"。听不懂唱腔，但舞台两侧有两个竖着的电子屏，可随时显示唱词，这样就可以看懂婺剧的内容。在大皿看了一场婺剧演出也算是一个意外的收获。

在大皿，女儿出嫁必备竹编嫁妆作为陪嫁，有茶篮、鞋萝、果子篮等，每件器具的提梁一侧都要写上女方的名字，竹编嫁妆制作工艺的精细程度，代表着新娘身份的高低。因而，大皿的每一件竹编都是既实用又美观的工艺品，有很高的艺术价值。走到一家门前，看见一位中年男子在编制一种东西，停下来观看，那人热情地招呼我们进屋坐下。我问他编的什么，他说是女儿出嫁时上菜用的提盒。我问他有没有成品，让我们欣赏一下。他说成品都让一个老板带走了，他一个星期才能编成一个。他的所有产品都被一个老板收购，只要做出成品，就马上被买走。这一个篮子卖一千七，那位老板最少卖两千七一个。他说村里会这种手艺的人不多了，编织过程是一个细活，要有一定的细心和耐心才行，儿子根本不学他的手艺，篾匠手艺几近失传。

大皿村分老街区和新街区，在老街区居住的大都是上了年纪的人。这村虽处山区，但家家都有一座三四层的小楼。新街区的楼房墙体基本使用小青砖砌至马头墙，与老街区风格融为一体。许多家都设计了客房，做成了农家乐小客栈。房间很整洁，楼房四周都是大山，环境优美，空气新鲜，是很好的旅游度假好去处。

羊增粮说，这几年，磐安县为了发展特色旅游，由政府出资对大皿村的祠堂、牌坊进行了修缮。并且按一比一的出资比例，政府与农户一同修缮了古民居，保持了古村落的原汁原味。并对开展农家乐项目的农户进行补助。

我们被安排到一家农家乐居住，据说，标准间每天只收五十元，而且还包括一天三餐，真是便宜得让人无法想象。当时便想，如果有大的创作项目，到这里闭门创作，那是最佳的选择。

到达大皿时，太阳已近落山，早到的与会人员都在吃晚饭。工作人员说晚上有"炼火"表演，等他们第一拨人吃完饭，后来的六桌人这才坐下。表演场地离我们吃饭的地方很远，坐了一天的车也有些累，我不想再去看演出。热情好客的川妹子羊明珍留下来，坐在一旁等我们吃完饭，打电话叫来了一辆车送我们去看演出。盛情难却，只好和她一起去了表演现场。

"炼火"又称"踩火"，是大皿羊氏始迁祖羊愔迁居大皿以来传承千年的习俗，是大皿土生土长独特稀有的原生态民间艺术。炼火最早起源于对火的崇拜，后来逐渐形成了一整套规范仪式。把木炭集中堆成小山，先用木柴起火，把木炭烧得通红，经过焚香、净身、喝山等仪式，炼火者赤着双脚，手执钢铲，反复冲过火堆，将炭火踩平，以此祈求神祇驱鬼避邪，风调雨顺，五谷丰登，平安吉祥。

大皿村在每年八月十五中秋节和九月初九重阳节举行炼火仪式，场面隆重壮观，方圆百里的百姓都来观看。这次是作为第二届中华羊氏文化研究与发展论坛的一项活动，而提前表演。

到达表演场地时，已是人山人海，场地外面的人围了一圈又一圈，有好多人都站到远处的房子上观看，我们根本无法靠近场地，只能看到一片黑乎乎的脑袋。还是羊明珍有办法，她拨通了一位工作人员的电话，马上有人出来，把我们带进人群中，在表演场地之外用建筑脚手架钢管把在表演场地和围观人群之间留出了一圈隔离带，有长凳，是专门为参加会议的嘉宾准备的。

在场地中央，村民用二百多箩筐木炭在平地上燃起直径十米、高一米的火堆，坐在外面脸上就有灼热感。场地的四角，有四个用木棍支起近两米高的三脚架，上面的铁锅里也放满了燃烧的木柴，这四个铁锅在过去是照明用的，但场地有灯光，现在只是为了增加气氛。几位身着红装的女子在使劲地擂着大鼓，使场面更加热烈。

一队光着膀子、腰间扎着宽宽白布的汉子手持钢铲走进场内，分两排站定。场外几十人举着一条长龙在场地外转了一周，算是炼火表演的一个前奏。这时，有人带了那些炼火的汉子排队走出场外。听当地人说，他们到村里小溪洗脚去了。他们说，炼火者头三天要忌荤腥，不能碰女人，脚下不能踩脏东西，而且每天都用清水洗脚，脚干净了才不会被烧伤。

炼火者净脚回到场地后，被称为"降童"的炼火主持人带着二十七位炼火壮士，开始焚香祷告。据说北方为水门，南方为火门，先由长者开水门闭火门。炼火者在"降童"带领下赤脚从北门进入火山，再从南门出来，反复穿梭，在炭火上踩出了一条火红的通道。后又绕至西门，从西门踩进，再从东门踏出，也是反复穿梭，炼火过程中，鼓乐伴奏，气势滔天。炼火者还不断地用钢铲在通红的炭火堆上左右挑拨，扬起数米高的火焰，壮士们就在"火龙"之间来回穿梭，在火堆中做出各种各样的花式，煞是壮丽精彩。观众看得惊心动魄，情不自禁地随着会场主持人大声地为这些勇士呐喊、加油。表演持续了一个多小时，二十七位炼火勇士将火堆逐渐拨散开来，最后踏成平地，炼火盛会这才落下帷幕。据说，把炭火踩得越平，人们就会越发平安。

我问皿一村书记羊兴华："这些炼火者是怎么练出来的？"他说："我祖父那辈人由于常年在山中耕作，脚底板更厚实，所以在火中还能玩出更多的花样。"他说，炼火者并没有特异功能，也不是练出来的，完全是靠一种勇气和技巧来完成的。

炼火这种气势宏大、具有神秘色彩的火上舞蹈，体现出了中华民族勇敢顽强、临危不惧、赴汤蹈火、勇往直前的民族精神。

能目睹炼火表演，大皿之旅不虚此行了。

二〇一五年九月二十六日夜于秋缘斋

【原载《新泰作家文丛·散文卷》，张金凯主编，山东画报出版社，2016年12月出版】

走建德

桂花飘香

中国幅员辽阔，即使资深旅游家穷其一生也不可能把每个地方都走遍，对普通人来说更是如此，除了一些知名城市，有些地方或许一辈子也不可能去。但往往因了一个人的缘故，而与这个人所在的城市结缘，就会有机会来到这座城市。因为许新宇，我才知道杭州还有一个建德市。乙未秋日，在桂花飘香的季节里，有幸来到这里，访朋友，寻古迹，看名胜，收获颇丰。

灯语斋话书

许新宇职业是医生，但他却喜欢读书写作，藏书颇丰，而且还有一大爱好——收藏老油灯，因而他为书斋取名灯语斋，网名灯下醉。从他的网名就知道他对老油灯是何等的痴迷。他曾撰文写过自己的书房，为了不影响家人的正常生活，他在一座相邻的楼房买了一间二十多平方米的车库，改造为书房，这儿便成为他工作之余读书笔耕之所。

爱书人最大的遗憾是没有足够的空间来存放自己的藏书，由于空间的限制，我的书分三处存放，想找某一本书很难。也有很多人的藏书室与生活区是分开的，长沙彭国梁有一座四层的藏书楼，成都的龚明德把对面的房子买了当做书房……许新宇也在同一小区新购了一套房子，暂时只作书房使用。书房装修得很精致，他把书房的图片上传到博客，并对我说："你来建德时不用住宾馆了，就住在我的新家里。"这是很有诱惑力的邀请，即使是住五星级酒店也没有住在书房里的感觉好。

爱书人都喜欢参观他人的书房，北京姜德明、文洁若，上海丰一吟、李济生，西安崔文川、高信，南京徐雁，海口伍立杨，郑州赵长海，济南自牧，哈尔滨杨川庆等数十位作家的书房都留下了我的足迹。我也一直在等待机会，去建德参观新宇兄的灯语斋。今年，正好有个会议在浙江召开，会议最后一天是旅游项目，我放弃了旅游，辞别众人，赶往建德。

新宇兄好客，刚到建德，便被他带到一家叫醉江南的酒店，进入房间，看到有许多人，原来是新宇约来朋友为我接风。新宇善饮，他的朋友们也都爽直，不停地推杯换盏，我一时兴起，也喝了一些白酒。其实我心里着急，想早点结束晚宴，去看新宇的书房。

新宇的书房不但讲究，而且特别整洁。东面墙放了一排书橱，是专门存放签名本的，在这儿看到了我的几本书。西面墙是一排书架，每个书架都放了里外两排书，他在设计书架时把里面的一排垫起几厘米，这样放在里面的书脊可以露出来，不影响找书。新宇的藏书种类与我的书大致相同，有许多书我也有收藏，他把书话作品专门放在一个书架上，国内当红的书话家的作品都在这儿集合了。

书橱前面是写字台，写字台外面还放上了一个小厨子，上面也堆满了书，写字台就像埋在书堆里一样。

靠门的地方置一罗汉床，新宇为我泡了一杯盖碗茶，我们坐下来，一边聊书，一边观看他的书房。

新宇那间设置在车库里的书房，三面墙都是直达房顶的书架，尽管有了这处新书房，但那里的书却没有减少，书架上仍是满满的。

新宇兄勤于笔耕，创作了许多散文和诗歌作品。他的散文集《灯下集》加盟我主编的"琅嬛文库"系列丛书第二辑，并让我作序，由山东画报出版社出版。到达建德时，才知道《灯下集》刚刚获得了由建德市政府颁发的第十五届建德文艺奖。这也是我主编的"琅嬛文库"系列丛书中的第一部获奖作品。

秀才人情书一本，爱书人交往最重要的礼品就是书，我给新宇带去了新出版的《约会书本》毛边本。新宇让我签名，我在扉页写道："参观新宇兄灯语斋，清新整洁。而余之秋缘斋则杂乱无章，与之相比自惭形秽矣。本书结集时，为新宇兄所作之序尚未完稿，而未能收入，甚憾！"我的秋缘斋很多书都堆在地上，乱得很，常以"书似青山常乱叠"自嘲。

卧室的书桌上放的都是杨绛和张爱玲的书，看来新宇兄对这两位文坛"女侠"情有独钟。

在他的新居，我还有幸见到了消失已久的老油灯，有小巧精致的省油灯、带着玻璃罩的琉璃灯、头顶灯盘的人物灯、狮形烛台、印花手持烛盘等。我特别注目那些老油灯灯柱上的图案，有粉彩釉色的花卉，有青花施色的山水，有粉黛如云的美人，造型多样，年代各异，连对老油灯一窍不通的我，看得也是心有所动，大开眼界，怪不得在读书人中会那么多人在藏书读书之余还不忘收藏老油灯，如书装设计家张守义、出版家顾行伟、作家杨栋、收藏家殷小林等等。到了新宇兄的新居我忽然理解了他对老油灯的喜爱和爱书如出一辙，他把书与灯连在了一起，希望通过她们找到自己的心灵慰藉。

这一夜，在这满是书与灯的空间里，我睡得特别香！

诸葛村访古

诸葛村属于与建德相邻的兰溪市，新宇带我去参观建德的新叶古村，与诸葛村不远，便先来到了诸葛村。一说起诸葛村，便感到亲切，诸葛亮老家山东沂南，是我的山东老乡。而且诸葛亮与新泰颇有渊源，诸葛亮父亲诸葛珪，曾任汉末梁父县尉、泰山郡丞。亮从亲宦游，"初居山左，读书梁父山下"（清马允刚《重修诸葛武侯祠墓记》），梁父山在今新泰市天宝镇。"忠武侯幼居山左，为《梁父吟》以见志；后结庵南阳卧龙岗，又为抱膝长吟"（马允刚《出师二表跋》）。陈寿在《三国志·蜀书·诸葛亮传》中写道，诸葛亮"好为《梁父吟》"。新泰也算是诸葛亮的第二故乡，来到诸葛村也是看望一下这位老乡吧。

诸葛八卦村中现居有诸葛亮后裔近四千人，是诸葛亮后裔最大聚居地。据史料记载，诸葛村是诸葛亮第二十七世孙诸葛大狮在元代中后期按九宫八卦设计布局的，诸葛村地形如锅底，中间低，四周高。四方来水，汇聚锅底，形成一口池塘，就是钟池。钟池不大，半边有水，半边为陆，形如九宫八卦图中的太极，陆地靠北和钟池靠南各有一个水井，正是太极中的鱼眼。村落以钟池为核心，八条小巷向外辐射，形成内八卦，八条小巷直通村外八座山岗，构成外八卦。小巷又派生出许许多多横向环连的窄弄堂，许多古老纵横的民居星罗棋布。小巷时而蜿蜒曲折，时而纵横相连，似连却断，虚虚实实，犹如迷宫一般。陌生人进入小巷，如果没有路标或当地人引领，很难走出村子。

诸葛村左有石岭溪，右有过境驿道，前有北漏塘，后有高隆岗。正好符合《阳宅十书》中所说："凡宅左有流水谓之青龙，右有长道谓之白虎，前有汗池谓之朱雀，后有丘陵谓之玄武，为最贵地。"诸葛村就在这样的"最贵地"上。

诸葛村还有一些传奇故事，据说在北伐战争期间，国民革命军与军阀部队在诸葛村附近激战三天，竟然没有炮弹落入村子，整个村庄安好无损。抗日战争时期，一队日军从村外大道经过，竟然没有发现这个村庄。

进入诸葛村就看到一条古商业街，全是两层木制建筑，经营一些杂货、工艺品、饭店等。村内以明、清建筑为主，全是"青砖、灰瓦、马头墙，肥梁、胖柱、小围房"的徽派建筑风格，成为中国古村落、古民居的典范，是目前全国保护得比较好的、文化内涵深厚的古村落。村里现有明清古民居及厅堂二百多处，比较知名的有大经堂、丞相祠堂、天一堂、大公堂等。

大经堂是诸葛村的十八厅堂之一，诸葛族人大多从事中医药业，兰溪有句民谚："徽州人识宝，诸葛人识草。"大经堂现辟为中药标本展馆。

天一堂是药店，从明代起诸葛氏家族遵从"不为良相，便为良医"的祖训，在各地开设了药店，济世救人。

丞相祠堂是为纪念诸葛亮而修建的，中庭两边庑廊各七间，塑有诸葛后裔中的杰出人士像。祠堂最后是享堂，中间塑诸葛亮像。

大公堂在诸葛村的中心位置，前面是钟池，堂内壁上绘有三顾茅庐、舌战群儒、草船借箭、白帝托孤等有关诸葛亮的故事壁画。

村子低洼潮湿，小巷子大都以立砖铺路，中间一条窄窄的石板，砖的缝隙里长满青苔，只能走中间的石板，有些地方没有石板，就只能小心翼翼地慢慢前行。

在村里走累了，许新宇带我们来到一家诸葛书法馆休息。店主是位书法家，名诸葛桥生，自我介绍是诸葛亮的四十三世孙。他与许新宇相熟，热情地为我们泡茶。得知我们来自山东，问道："山东沂南有个诸葛亮故里纪念馆，你知道吗？"我说："我去过多次，在诸葛亮的老家沂南县砖埠镇，馆长姓孙。"他说："对！他们纪念馆门口的对联就是我写的。"据说，他从未参加任何书协，也不参加书展，是一位有独立人格的书法家。

诸葛亮宁静淡泊的情操，鞠躬尽瘁的精神，为世人称颂。他的后人高洁傲岸、不入流俗的品格，亦令人敬佩。

新叶村探幽

新叶村在建德市西南大慈岩镇，距诸葛八卦村十一公里，是当地有名的历史文化保护区。到达建德当晚，许新宇说新叶古村值得一看。新宇的朋友叶仙自告奋勇要陪我们去新叶村，因为那儿是她的老家。叶仙性格开朗，大方得体，兄妹七个，她最小。我说："你排行老七，又叫叶仙，那就是七仙女了。"她笑得前仰后合。

到达新叶村时已近中午，村头都是一排排的四层小楼，清一色的徽派建筑，整洁壮观，明明是崭新的小区，怎么叫新叶古村呢？叶仙说，这里是村里的新区，为了发展旅游，村里人大部分都迁出来住了新楼，古村区基本是老年人了。

车子在一座小楼前停了下来，叶仙带我们进去，正堂的桌上摆了一大桌菜，原来这儿是叶仙的大哥家，知道我们要来，提前就做好了菜等着我们。我们也未客气，坐下来就吃。菜有松花肉、豆腐三角包、湖羊、炖野生鲇鱼、炒栀子花等。其中有种肉丸很好吃，叶仙说叫肉圆，用肉末、豆腐、红薯粉萝卜丝等做成，松软可口。这儿的菜与浙江其他地方不同，口味重，偏辣，与湘菜相似。叶仙一家热情好客，不断夹菜，我喝了一杯他们自酿的杏梅酒，稍微有点感觉。

饭后，叶仙带领我们游览新叶古村。据史料记载，新叶村建于南宋嘉定十二年（1219 年），村西有玉华山，因而新叶村叶姓被称为玉华叶氏，据说新叶村是目前国内最大的叶氏聚居村。建村几百年来，叶氏家族建起了大片住宅，新叶村至今完好地保存着十六座祠堂、大厅、塔、寺和二百多幢古民居建筑。由于年代久远，建筑类型丰富，被海内外古建筑专家誉为"中国明清建筑露天博物馆"和"中国东南部最好的农耕村落"。

进入古村区，迎面是一个叫南塘的池塘，南塘周围都是明清古建筑。叶仙带我们走进一条小巷子，一个门口两侧垛满了酒坛的大门上挂着醉仙居牌匾。进入其内，是两层木制楼房，与村里其他古建筑相似，四面封闭，中间留有小天井，房屋的前沿都比后沿高，每逢下雨，雨水都会集中到天井里，百姓有个"水生财"的说法，因而，把水都流进自家的院里，叫"肥水不外流"。

醉仙居过去是酒坊，现在当作新叶土曲酒展示馆。室内陈列着许多大酒缸和制酒工具。据说新叶土曲酒做酒的方式很独特，上半年就要先做曲，曲由小麦和九种植物组成，碾碎发酵，晒干后做成块状，便于存放，待到新糯米收割，加工成米，蒸熟放置酒缸里再撒上大曲搅拌均匀，过上大约近一月的时间发酵，之后沉淀，再"沥酒"成品。

湖南卫视《爸爸去哪儿》节目的第二季第二站在新叶村拍摄，吴镇宇、黄磊、陆毅、杨威、曹格在新叶村当了一次好爸爸。随着节目的播出，新叶村也火了起来。在明星们居住的地方，也都挂上了宣传牌，南塘上有一间五六平方米的看水塘的水上木屋，说是木屋，其实就是一张架设在水上的床而已。录制《爸爸去哪儿》时，杨威父子就住在这个被称为世界上最小的单身公寓里。

在南方非常注重祠堂的修建，只要生活稳定下来，就开始修建宗祠。祠堂里不但可以祭祀先祖，也是商议族内重要事务的场所，而且还可以在这里办理婚、丧、寿、喜等事。一般一个村里某一姓氏只建一座祠堂，而在新叶村叶氏却有众多的祠堂。有序堂是玉华叶氏的总祠，有序堂面对笔架形的道峰山，西以玉华山为屏，元代至元二十七年（1290年）叶氏三世祖请理学家金仁山先生占卜，按地理位置和五行九宫规律，选现在的有序堂位置为村的中心点。到了玉华叶氏第八代时，又开始分房派建造分祠，这些分支祠堂分布在有序堂的左右和后方。

新叶村古建筑的梁、枋、斗拱等，全部精雕细刻装饰着人物、灵兽、百鸟、回纹等，布局严谨，造型优美。木梁上大多刻有戏剧故事，人物面部表情逼真，服饰飘动自然，精美绝伦，栩栩如生。

村里街巷有上百条之多，密密麻麻，九曲八拐，比诸葛八卦村还复杂，走进巷子就像进了迷宫一样，没人引导根本走不出来。巷子宽的两三米，最窄的只有七八十厘米，两侧是高高的院墙和房子。与诸葛八卦村一样，由于潮湿，用砖石铺的路上也全是青苔，两旁房子的白墙上有几米高的潮斑。

我跟新宇说："如果我们住在这里肯定是不行的，这么潮湿的地方，我们的书会发霉的。"南方潮热，线装旧书如果不晒，就会发霉，因而过去的藏书家一般都在立秋的时候把藏书搬出来晒一晒。新叶村似乎比其他地方更加潮湿，更需要晒书。

新叶村自古重文，村里有重乐书院，村头有座七层的拎云塔，是新叶村人为了培植文脉，实现耕读文化梦想而兴建的，因而新叶人又称之为文峰塔，塔旁还建有文昌阁。村中小巷的路全是用立砖铺就，中间用石板连接而成，据说是为了让读书人"足不涉泥，雨不湿靴"而专门铺设的，体现出新叶人对读书人的尊重。

在新叶村里散步，不经意间就会发现一处文化遗迹，在村里走了一个下午，有些累了，看到一个池塘前有石凳，我们坐下来休息，对面古宅上挂着"进士第"的牌匾，原来我们来到了清代进士叶元锡的门前。嗅着淡淡的桂花香味，在进士门前聊天，那也是一种享受。

叶仙说，到了春季，新叶村周围都是盛开的油菜花，吸引了各地的摄影爱好者前来拍照。村里还有很多荷塘，荷花盛开的场面也很壮观。春有油菜花，夏有荷花，秋有桂花，给古老的新叶村增添了生机。

许多古村落的管理者缺乏文物保护意识，被一些利欲熏心又不懂文物保护的经营者肆意践踏。随着新叶村知名度的提高，越来越多的游客来新叶村访古探幽，愿新叶村这座"中国明清建筑露天博物馆"传之永久。

千岛湖览胜

移舟泊烟渚，日暮客愁新。

野旷天低树，江清月近人。

这是唐代诗人孟浩然的一首五言绝句《宿建德江》，诗中所描述的夜泊之地建德江即为新安江流经建德的一段，正是新安江水电站所在地。到了建德，新安江水电站是一定要看的。新安江水电站是我国第一座自己设计、自制设备、自行建造的大型水力发电站，因建水电站，把新安江截流成湖，也造就了蜚声中外的旅游胜地——千岛湖。

族兄郭涌早年参加革命，上海解放后，转业到上海市公安局工作，因支援国家建设新安江水电站，调水电站负责保卫工作，新安江水电站建成后又调德清市工作。经常听他说起在新安江水电站的工作经历，因而我对新安江水电站也有了初步的认识。

到达建德的第三天，许新宇驱车带我们去参观新安江水电站。快到水电站时，远远看到路口有座塑像。新宇说，那是周恩来的塑像，一九五九年，周恩来曾来视察正在建设中的新安江水电站。

到达水电站门口，新宇兄联系了在水电站工作的同学程红漫，门卫接到程红漫电话，便放我们进去。新宇的那位女同学已在办公楼前等候我们。新宇给我们做了介绍后，对程红漫说："你要好好给阿滢解说一下你们水电站，他回去要写文章的。"程红漫边走边给我介绍新安江水电站的情况。

新安江水电站始建于一九五七年四月，当时，正面临国外对中国的经济封锁，在生产力水平低下、科技力量薄弱、建筑材料奇缺，又没有大型机械的情况下，一万多名建设者们，全靠人扛肩抬，只用了三年时间便建成了高一百零五米、长近五百米的拦河大坝。新安江水库长约一百五十公里，最宽处达十余公里；在正常水位情况下，面积约五百八十平方公里，比杭州西湖大一百零四倍，蓄水量比西湖大三千多倍。新安江水电站的建成，也成了中国人的"争气工程"。

进入大坝底部，程红漫带我们看过了新安江流域图之后，领我们进入了半地下的发电厂房，这里安装了九台发电机组。我所在的城市都是热力发电，给环境造成了一定的污染，而这儿的发电厂房干净整洁，一尘不染。厂房正中悬挂着周恩来在水电站建设工地视察工作的一幅画，对面是周总理为新安江水电站的题词："为我国第一座自己设计和自制设备的大型水力发电站的胜利建设而欢呼！"

从大坝底部乘坐电梯来到大坝顶端的观湖台，眺望碧波万顷的千岛湖，令人豁然开朗，心旷神怡。电站建成后，新安江水库淹没了八十五座山，水面露出的山头形成了上千个大小岛屿，星罗棋布，还有数百个小岛随着水的涨落而时隐时现，故亦有千岛湖之称。

当年为建设新安江水电站，淹没了淳安、遂安两县四十九个乡镇、一千多个自然村，从库区移民近三十万人，分别安置到了江西、安徽和浙江。当地的百姓积极支持水电站的建设，打起行李就搬迁，根本不计较个人的得失，让人深感敬佩。那次的移民费用竟然只用了九千多万元，现在看来真是不可想象的。

曾经看过一集央视的《探索·发现》栏目，介绍在千岛湖探秘的故事，水下考古队员在千岛湖底发现了许多完好无损的庙宇、房屋等，石牌坊还矗立在那里。那些建筑没有拆毁，就淹没在水下了。对于那些水下的文物来说，淹没水中或许是一种更好的保护。

新宇驱车绕湖而行，行至高处，极目远眺，流域风光尽收眼底。千岛湖不但气魄雄伟，而且景色壮观秀丽。这一靠人力完成的杰作让人感叹！

梅城文化缘

许新宇老家是建德市梅城镇，梅城在清以前是州府建制，后来改为县治，一九四九年之后降为镇。新宇说，梅城是《聊斋志异》木刻本的诞生地。至于梅城如何由州府降为镇，我没有时间去考证，但说到梅城与蒲留仙老夫子的关系，却引发了我的兴趣。

梅城古称睦州，又称严州。东汉初年，高士严光不恋富贵，独慕山水，选中富春山作为他隐居、垂钓的地方。后人因仰慕他的高山景行便以"严"名州，曰"严州"。宋代始建城垣，明初重建，城墙顶部有三层五孔的砖块叠成半朵梅花的形状，故名为梅城。据民国时期的《建德县志》记载："建德城即严州城，俗称梅花城，以临江一段雉堞半作梅花形故也。"

梅城是一座历史文化名城。三国时期，孙权封屡立战功的部将孙韶为"建德侯"，取"建功立德"之意，这便是建德名的由来。梅城有深厚的文化积淀，自古以来与文化特别有缘，文人杜牧、范仲淹、陆游、刘长卿都曾在此任职为官。北宋时期，范仲淹被贬任睦州知州后，兴办了建德第一所学堂龙山书院，主持兴建了严子陵祠堂，并撰写了《严先生祠堂记》，以"云山苍苍，江水泱泱，先生之风，山高水长"的佳言名句，来颂扬严光的高风亮节。

抗战期间，浙江大学曾迁到梅城办学，一下子"进驻"了几千名大学生，梅城俨然成为一座大学城。

中国古典小说《水浒传》《儒林外史》《官场现形记》《金瓶梅》等都曾描述过梅城的人文山水。蒲松龄是我山东老乡，他如何与梅城结缘是我关心的问题，在严州文化研究会，我找到了答案。

严州有刻书的传统，在南宋时就是善本书的重要产地，其刻本称"严刻本"，以"墨如黑漆，字大如钱"、校雠精良、刻印精细而驰名。

蒲松龄写出《聊斋志异》后，由于家庭条件的限制，生前没有刊行。他去世后，长孙蒲立德曾多方谋求官方和私家的资助，亦未能如愿。直到半个世纪后，由于《聊斋志异》传抄甚广，许多文化人竞相索求。时任严州知府的山东莱阳人赵起杲，在藏书家鲍廷博的协助下，按照蒲家抄出的本子，经过编校，刻印了十六卷本的《聊斋志异》，是为青柯亭本。此后两百多年来，全国各地相继刊行的白文本、注释本、评点本、图咏本，乃至世界上出版的多种外文译本都是据青柯亭本编刻、翻译的。

《聊斋志异》最早刻本扉页右下题"青柯亭开雕"，世称青柯亭刻本。因主其事者为赵起杲，亦称赵刻本。赵起杲，乾隆三十年（1765年）官浙江睦州知府，府衙后院旧有亭，又有树绿叶常荫，故以青柯亭名其斋。卷首有余集序、赵起杲"弁言""聊斋自志"，继有赵起杲作"刻书例言"十六卷总目。卷末附蒲立德乾隆五年（1740年）所作跋。乾隆三十一年（1766年）五月，赵起杲病卒，全书刻行最后是由鲍廷博完成的。

赵起杲找鲍廷博协助刊刻《聊斋志异》真是找对人了，鲍廷博的父亲鲍诩是著名的藏书家，当年不惜巨金求购宋元书籍，筑室收藏，取"学然后知不足"义，名其室为"知不足斋"。博学多才，但不求仕途，喜购藏秘籍，藏书甚富。浙江学政阮元说他"家藏万卷，博极群书，虽隐僻罕见著录者，问之，无不知其原委"。鲍廷博不像有些藏书家那样，藏书秘不示人，乾隆皇帝下诏征集图书，编纂《四库全书》时，共收到三千五百多种图书，其中鲍家就进献六百余种，多为宋元孤本、善本。他一生致力于刊刻"知不足斋丛书"，将家藏善本古书公诸海内，存之于世，是中国出版史上举足轻重的人物。

赵起杲与鲍廷博可谓留仙翁的身后知己，因了他们的努力，而使一部伟大的文学名著流芳百世。

好客梅城人

新宇带我们走遍了梅城的主要街道和景区，梅城是新安江的尽头，新安江与兰江在梅城汇集后就改称为富春江了，因而有"三江汇严州"之说。在梅城，古城楼、古牌坊等古建筑随处可见，镇上大学、中学、医院样样俱全。街上车水马龙，楼房鳞次栉比，梅城虽降为镇，但仍有州治的规模。梅城人也有大地方人的范儿，在许新宇为我举行的接风宴席上，他的一位女同学说："我们从小就有一种自豪感，我们是城里人。"

梅城人接人待物，真诚热情，大方得体，这一点在许新宇家人身上得以充分体现。为了迎接我们的到来，新宇的大哥、姐姐、姐夫都早早做好准备，做好了饭菜等候我们，新宇的老母亲八十七岁，身体健康，精神矍铄，见到我们就高兴地拉着我妻子崔美菊的手说话，吃饭时不停地夹菜。吃过午饭，她拉着美菊的手，带她上楼参观每个房间，把儿女们给她买的衣服拿出来让美菊看，还把自己的寿衣也拿了出来。老人在一家服装厂退休的，平时洗衣做饭基本是自己做，我们刚进门时，她还在打扫院子。新宇的大哥说，他母亲每天早晨出去买菜，早饭后，再去与老街坊打麻将，生活过得很充实。

下午，我们游览梅城后回到家里，新宇的姐姐从外面回来，手里拿着一包东西。新宇说："这是严州烧饼，给你带回去吃。"我与新宇在诸葛村时，看到一个铺子里有人在做这种烧饼，像月饼一样大小，看到他们用肥肉、梅干菜、辣椒做馅，做成饼后，放在炉子上烤至焦黄，很是诱人。我原以为是软的，尝了一个才知道全部烤酥了。肥肉加上梅干菜有一种独特的香味，又有辣椒作佐料，特别开胃。新宇说，严州烧饼是建德传统的名产，集松、酥、脆于一体，清香扑鼻。严州酥饼以上等面粉用不同温度的水和素油拌和，择肥膘肉与上等干菜拌匀为馅，在外面涂抹上一层糖汁和油，以黑白芝麻撒沾，在特制的烧饼炉中用炭火烤熟，特别好吃。

老太太端上水果让我们吃。一会儿老太太问我："你吃水饺吗？"我说："可以呀。"老人问完话进入其他房间，不一会儿，老太太竟然端出一小盆煮好的水饺，盆里有像煮馄饨的汤。我说："不是晚上吃水饺吗，怎么现在就煮出来了？"新宇的大哥说："水饺的她自己包的，这是让你当点心吃一点，不是晚饭。"尽管不饿，但盛情难却，我吃了几个，真香。老人看着我吃她包的水饺，笑了。

在梅城，新宇本来想安排我们住到宾馆的，新宇母亲说："就让你的朋友住家里吧，住家里亲近。"新宇家是三层小楼，有许多房间，新宇大哥说："每逢过节，几个妹妹全回来过节，也都住得开。"老太太专门给我们收拾了一个房间，她老人家不停地为我们收拾、安排。

虽是第一次来梅城，竟然没有一丝生疏，在这里就像到了家的感觉，这是在其他地方没有的，这种感觉真好！

二〇一五年十月三日于新泰家中

【原载《新泰文史》第 2 辑（2022）】

几年前，在浙江作家子仪的博客看到她陪同黄永玉先生游览西塘古镇的图片后，萌生了去西塘的念头，但整日忙于俗务，没有特殊的机缘还真没时间单独去某个地方游览，去西塘的计划一直搁浅。不久前，又看到了黄永玉先生写的《一梦到西塘》："一座小水乡、温暖回环的河城。河上有船，船上有人，人在小码头的石级上下。河上有桥，人在桥上看船，看人，看远处风景。河两岸灯火楼台，曲折的河廊自古以来是一种很好的设想，天热挡太阳，下雨挡雨，走累了凭栏喝茶……"读了先生的文章，越发向往西塘。

我策划出版的琅嬛文库第四辑"传贻文丛"的作者都是嘉兴人，文丛主编夏春锦要在桐乡召开首发式，邀我出席，便想活动结束后，可去亲近西塘了。

泰安没有直达桐乡的火车，却有去嘉善的车，便订了去嘉善的车票，这样便把游览西塘的计划提前了，经过一夜的"咣当"，早晨七点半到达嘉善。作家禾塘兄开车来接，禾塘也是"传贻文丛"的作者，有他当导游，西塘之旅更加完美。

西塘是一座已有千年历史文化的古镇，位于浙江省嘉善县，已被列入世界历史文化遗产预备名单，是中国首批历史文化名镇。西塘有九条河道交汇，把镇区分划成八个板块。西塘桥多，自古以来，建有一百多座单孔或三孔石柱桥。这些桥把水乡连成一体，古称"九龙捧珠""八面来风"。进入西塘古镇，先乘小木船欣赏两岸风景。

南浔、周庄、新市、乌镇、荡口等江南古镇我都去过了，尽管都是"小桥流水人家"的格局，但又各有不同。西塘与其他水乡古镇的不同在于古镇中临河的街道都有廊棚，过往的游客、商贾无雨淋日晒之忧。廊棚沿河一侧设置靠背长椅，供人休息。当时，黄永玉游览西塘时，就坐在河边长椅上为子仪画了一幅速写头像。

沿着河道行进了一段后，我们弃船上岸，进入小巷。西塘有"门前街道屋后河，深长弄堂百条多"之说，弄堂多且窄，小的仅有半 米宽，站在里面往上看仅有一线天。这儿有许多个性店名：西塘最二商店、脑子进水创意联盟、西塘最坑商店、王小贱冰激凌奶茶铺、老木头酒吧、猫的天空之城概念书店……

禾塘带我们来到余庆堂，是一座两层木结构小楼，典型的江南水乡民居建筑，前临街，后依河，前店后堂，中间有个小天井。一楼是明清民居木雕陈列馆，二楼是客栈客房，游客可在此下榻休息。因时间关系不能在西塘住下，如果在这儿住一晚，枕河而眠，一定有不一样的感受。禾塘说，这是他朋友前些年仅花了十万元买下来的，里面陈放着他朋友收藏的以西塘为代表的江南地区民居建筑木雕，雕刻技法丰富多彩，剔地雕、钱雕、漏雕、透雕等，雕件工整、精致、美观，展现了江南民居木雕特有的柔美、细腻。

西塘除了这座明清民居木雕陈列馆外，还有纽扣博物馆、酒文化博物馆、瓦当陈列馆等等，成为西塘景区的一个个小景点。

从余庆堂出来，拐了一个弯，有一组叫圣堂的古建筑群，原以为是基督教堂，进去才知以供奉关公为主。圣堂初建于明万历三年（1575年），前后三进院落，原祀巡按庞尚鹏，人称庞公祠，清康熙年间两次重修，改供关公，俗称圣堂。过去每逢岁首，商贩云集，直至元宵节止。

时近中午，也走累了，禾塘兄带我们来到一个两面环水的饭店钱塘人家吃午饭，我跟禾塘说："不要点大菜，品尝西塘地方小吃即可。"一对卖唱的中年夫妻过来，禾塘点了两首歌。临窗而坐，店前、店右各有一座石桥，桥梁工艺精湛，至今保护完整，既有使用价值也具观赏价值，右面的石桥依稀看到建于清康熙某年的字样。欣赏着窗外美景、品尝着风味小吃、听着原汁原味的地方歌谣，真有些陶醉了。

西塘景美，但与其他景点一样，人满为患。禾塘说，十几年前好莱坞影星汤姆克鲁斯主演的《谍中谍3》曾在西塘拍摄取景，随着汤姆·克鲁斯在白墙黛瓦间的跳跃穿梭，把西塘的美景带到了西方世界，西塘游客大增。禾塘说如果赶上周末人会更多。发展旅游是好事，但是游人过多，超过了景点的承受能力，对景点也是一种破坏。这似乎是一个没法解决的矛盾。

午饭后，禾塘说："有个地方你是一定要去的。"我问："什么地方？"禾塘说，西园是当年柳亚子与南社社友雅集的地方，西园在西街计家弄内，系明代朱氏别业，后出让给孙氏。园内有环绕砖砌花格游廊、水榭、曲桥、假山、凉亭等，东侧假山上有听涛轩茶室，一九二○年冬天诗人柳亚子来到西塘，曾住西园并与西塘南社社友在西园摄影留念，题名为《西园雅集第二图》。

资料记载，西塘历史上曾出过十九位进士、三十一个举人。明代以来，有著作留世的有一百零三人之多。如果仔细寻踪探源，每个人物背后都会有一段精彩的故事。

西塘，是一部读不透的大书！

二○一六年四月二十九日于秋缘斋

【原载 2016 年第 1 期《新泰文艺》】

郑州行记

全国民间读书年会自二〇〇三年在江苏省南京市举办第一届之后，先后在湖北十堰、北京、内蒙古呼和浩特、江西进贤、山东淄博、内蒙古鄂尔多斯、四川成都、浙江温州、广东东莞、上海、湖南株洲、天津、甘肃张掖、浙江诸暨举办。第十六届全国民间读书年会于二〇一八年九月十四日至十六日在河南郑州召开，特撷取在郑州几日沐浴书香的日记，与友共飨。

9 月 14 日

早晨五点二十分，与夫人美菊乘坐拼车，于七点十分到达泰安高铁站。在候车厅吃过早餐，乘坐 G285 济南西至昆明南的高铁，前往郑州。

前几年曾用半个月的时间做了一次晋陕豫三省之旅，在河南参观了洛阳石窟、三门峡、少林寺、开封府等景观，在郑州只去了一个地方——赵长海兄的藏书室。长海兄收藏地方志数万部，在国内志书的收藏中还没听说有谁可以超过他。那日在长海兄办公室巧遇到河南讲学的中国阅读学研究会会长、南京大学教授徐雁兄，我们一起参观了长海兄的几个藏书室。长海兄的藏品让我大开眼界，藏书室的壮观景象深深印在脑海里。

中午十二点到达郑州东站，乘坐地铁一号线到达会场附近的绿城广场站。从地铁口出来，便失去了方向感，刚打开手机上的指南针，就看见天津的王振良兄从地铁口出来。与振良兄也真是有缘，去年到浙江诸暨参加读书年会，我先去绍兴访友，在绍兴高铁站也是遇到振良兄。振良原任天津《今晚报》副刊主任，半年前调到天津师范大学当教授去了，这些年他主编问津文库，出版了七十多册天津地方史料著作，对天津地方史料的挖掘、整理作出了巨大的贡献。与振良兄到附近一家餐馆用过午饭后，打的到嵩阳宾馆报到。

读书年会的主办方做了一个印有第十六届全国民间读书年会字样的精致布包，自从在株洲召开的第十二届读书年会开始，每次会议的主办方都做一个布包，淘书时非常实用。这次布包里装了多册书刊：《百花园》《小小说选刊》《易读》《文笔》《太阳花》《品读兴化》《暨阳书缘》《成语镜鉴》《唐大郎诗文选》《郑州市阅读地标图》《笺谱日历2018》。还有一本专门为年会印制的印有与会者通讯录的空白签字本。

西安崔文川和厦门曾纪鑫住我对门，放弃午休，过去与他们聊天，王振良也在。大家天南地北地聊了一会儿，嘉兴子仪也过来聊天，受赠她新出的自印本《养生这么好的事》，并让我转交谷雨一册。

晚上，会议主办方安排了活动，在郑州松社书店举办"开卷物语——第十六届全国民间读书年会特别活动"，主讲嘉宾有江苏《开卷》主编董宁文、北京《芳草地》主编、谭宗远、江西《文笔》主编邹农耕、浙江《温州读书报》主编卢礼阳、天津《问津》主编王振良。由于我还要赴郑州大学赵长海兄之约，与中州古籍出版社总编马达先生餐叙，遂放弃晚上的活动。下午五点，打的前往长海兄指定的酒店。

到达酒店后才知长海兄约了不少朋友，南京大学教授徐雁、译林出版社原社长蔡玉洗、《开卷》杂志主编董宁文、中原工学院图书馆原馆长张守涛等都来了。蔡玉洗、董宁文他们因要参加晚上的活动，稍坐之后就离开了。长海兄特意把我与中州古籍出版社总编马达先生安排坐在一块，我们就出版业现状及将来可能的合作做了探讨。

9月15日

早餐后，来到岳阳宾馆十二楼，会议室里放了许多书刊，供与会人员自由选取，我挑选了《关东学刊》《悦读时代》《芳草地》《问津》等读书杂志。北京朝阳区文化馆创办的《芳草地》，是一份很精致的杂志，一度停刊，最近刚刚复刊。

来自全国各地的知名学者、主编、出版家、藏书家七十余人出席了第十六届全国民间读书年会。开幕式由小小说传媒董事、副总编辑马国兴主持。郑州市文广新局局长宋建国致欢迎辞，读书年会发起人蔡玉洗介绍了年会创办缘起及发展历程。《暨阳书缘》《纸阅读文库》先后举办首发式。中国阅读学研究会会长徐雁向小小说传媒授予"华夏书香地标"牌匾。

上午的会议由华东师范大学陈子善教授主持，主题是"民间读书媒体与出版"，下午由知名学者王稼句先生主持，做"阅读中原：我阅历中的河南学人与豫版图书"的主题研讨。与会人士依次发言。这种会议发言不同于其他会议，没有空话大话套话，发言者眉飞色舞，听者津津有味。由于时间关系，还有半数与会者没有得到发言的机会。

下午的会议结束前最后一个议题是确定下一届读书年会举办城市，申办城市代表各自陈述承办年会的理由、条件，最后由大家表决。以往都是由陈子善先生主持的，由于他要赶到广州参加一个会议，午饭后就飞往羊城。因而，由《开卷》杂志主编，也是第一届读书年会策划人之一的董宁文先生主持。这个环节往往是读书年会最精彩的时候，但今年没有出现以往的激烈竞争场面。在去年浙江诸暨的读书年会中的申办第十六届年会环节时，由郑州和哈尔滨两个城市申办，后来确定了郑州，便说明下一届到哈尔滨去开。因而，第十七届全国民间读书年会毫无悬念地花落哈尔滨。

这时成都毛边书局傅天斌提出申办第十八届年会，杭州徐志摩纪念馆罗烈洪申办第十九届年会，天津王振良说，第十三届读书年会在天津召开时就表示要承办第二十届读书年会。这样一来，已把年会排至二〇二二年。

从二〇一三年在上海召开的第十一届全国民间读书年会开始，西安藏书票设计专家崔文川先生就义务为读书年会设计藏书票，除了二〇一六年在甘肃张掖的第十四届年会我缺席外，每届年会，都让与会人员在藏书票上签名留念。第十六届年会藏书票也让与会者每人签了一个名字。除了一些参加年会的主力元老外，每届年会都有新人加入，新旧交替，年会才能延续下去。等有机会把缺席的第十四届年会藏书票也补签上，也是蛮有意思的事。

每次参加读书年会都要收获许多书刊。山西杨栋赠《锦鸡集》毛边本及他画的一幅美女图。山西刘涛未能与会，派来编辑李清，赠《故纸》创刊号、《家谱》创刊号和《名堂》复刊号。河北李树德教授赠《书情脉脉》，系徐雁教授主编的全民阅读书香文丛第五辑之一，我的《约会书本》系该系列第二辑之一。李树德的书中收录了《充实而快乐的文化生活——阿滢的〈秋缘斋书事四编〉》一文，并配有我俩在温州和天津的两幅合影。还有一篇为琅嬛文库第三辑《书香夜读》写的书评《弥散着浓浓的书香——任文的〈书香夜读〉》。浙江方交良赠《六桂堂藏师友翰墨》，广陵书社版，另赠他书写的笺纸一枚。郑州马国兴赠《纸上读我》，系2005——2016手抄报《我》第二辑。内蒙古教育出版社的"纸阅读文库·原创随笔系列"第五辑赶在了年会之前出版，在年会上得到了这套书中的五册，有厦门曾纪鑫兄的《凭海说书》、上海韦泱的《暂不读书》、成都朱晓剑的《猎书杂记》、长沙吴昕孺的《边读边发呆》、包头冯传友兄的《暖石斋读书记》。冯传友让我给谷雨兄捎回一册签名本。

山西杨栋让我为他编写的《梨花村志》题词，我写了："盛世修志，振兴乡村，贺《梨花村志》出版。阿滢。"

二〇一九年一月是《新泰文史》创刊十周年，准备出版纪念专刊，想请一些名家题词，今天正是一个机会，于是分别请了陈子善、王稼句、徐雁等人题词。

晚上，会议主办方安排了两项活动，一是在郑州我在书店，由华东师范大学中文系教授、博士生导师陈子善讲"徐志摩和他的朋友们"；另一个活动是在郑州松社书店，由巴金故居常务副馆长、巴金研究会常务副会长周立民博士讲"《随想录》与新时期文学复苏"。

我没有去参加活动。山西杨栋兄过来聊天，天南海北、书界奇闻，无所不聊。参加读书年会不仅仅是可以了解各地出版、读书、创作、办刊、收藏等方面的信息，主要是可以与全国各地的老朋友见见面。平时到某一地，只能见到一位或几位朋友，在读书年会上，全国各地的师友便可"一网打尽"了。这种交流没有客套、没有做作，那是一种精神上的畅快淋漓。

杨栋要回房间休息，我说："你送我的美女图没盖章。"他把画拿回房间盖章后送回来，说："还有一本《梨花楼读书记》，送你一册，看完后你写篇书评吧。"我说："这段时间太忙，确实没时间写，要过段时间才行。"

曾纪鑫参加活动回来后，又送过来一本新书《历史的张力——重寻11位英雄之路》，九州出版社二〇一六年七月版。是九州出版社创世纪大历史书系之一。曾纪鑫兄曾在这个书系中出版了四部书，除了这部外，还有《历史的刀锋》《千古大变局》《大明雄风》三部。

晚十一时，马国兴兄送来一个纸箱，让我把书整理好放入纸箱，等明早用快递发回去。主办一次会议不容易，特别是像这样的会议，与会人员来自全国各地，分属不同的行业、不同阶层。国兴兄考虑得这么周到，让人感动。

9月16日

原定七点快递公司来收包裹，一早到一楼大厅，等了半个小时，中通快递人员才过来。我的书箱九公斤重，付费四十八元。

马国兴拿出来几本《新闻出版博物馆》，我要了一册，估计是上海上官消波带来的，因为上官在上海韬奋纪念馆工作。这本书是以书代刊，为二〇一八年第一期，宗第三十二期，学林出版社二〇一八年六月出版。该书全彩印制，用纸精良，编排亦美，都是我感兴趣的文章，让人爱不释手。

今天活动是旅游，分两种，一是去瑞光创意工厂和河南博物院，另一种是去少林寺。我前几年去过少林寺，没必要再去一次。大家兵分两路，我们一行先到河南博物院，其他省都是博物馆，而河南则是博物院，说明这儿的馆藏一定不一般。看了介绍，方知河南博物院是中国建立较早的博物馆之一，也是首批中央、地方共建国家级博物馆之一。河南博物院前身为河南省博物馆，在冯玉祥主导下，始建于民国十六年（1927年），馆址几经变更，一九六一年迁至郑州，新馆于一九九八年五月一日落成开放。河南博物院占地十余万平方米，馆藏文物十四万件（套），尤以史前文物、商周青铜器、历代陶瓷器、玉器最具特色。其中国家一级文物与国家二级文物五千余件，历史文化艺术价值极高，一部分藏品被誉为国之重器。抗日战争期间，河南博物院的部分珍贵文物几经辗转最终被珍藏在台湾历史博物馆。参观博物院，只是浮光掠影，走马观花，无法深入。从博物院展厅出来，买了一册《河南博物院》，有了这本书，回去后就可仔细了解了。

从博物院出来，我们来到汇聚了大量创意文化企业的瑞光创意工厂参观。瑞光创意园区前身是瑞光印刷厂，后来因城区改造，印刷厂外迁，留下的厂房改造升级，打造成一个文化产业园区。瑞光创意工厂文创园由三个院落组成：一号院为主办公区，有咖啡、茶及路演、众创空间、画廊、艺术家工作室、设计公司、展览大厅等，入驻项目六十余家；二号院为厂区原貌特色项目区，园区建筑以二十世纪八十年代红砖房为主，入驻项目二十余家；三号院为园区生活配套空间，包含创意餐厅、公寓住宿等功能区域。

中午，我们就在创意餐厅吃饭，餐厅里充满了二十世纪六七十年代的意味，灯饰、壁挂、各种用品等都是由老物件、工厂零件组成，壁画都是"文革"风格，让人似乎穿越时空回到了那个充满激情的岁月。

下午，回宾馆休息，自行活动。

受台风山竹的影响，广东深圳等地的飞机、铁路、高速公路都已停用，来参加读书年会的潘小娴和李传新都无法回去了。微信上不断有台风视频，王国华兄发的他楼下的图片，树木断裂，一片狼藉。受台风影响，这几天在河南一直小雨不断，淅淅沥沥。从微信上得知新泰也是如此。

晚，会议主办方安排我们到裕丰源酒店用餐，饭前我把子仪和冯传友约出来，这也是琅嬛文库三主编会聚郑州。浙江子仪是"琅嬛文库第八辑·柳洲文丛"主编，还是该辑《山月闲笔》的作者；包头冯传友是"琅嬛文库第十辑·草原文丛"主编，也是该辑《包头笔记》的作者，难得在郑州相聚，合影留念。这次参加读书年会的还有两位琅嬛文库的作者，第二辑《灯下集》作者许新宇和第九辑《守土集》作者陈文谭，还有琅嬛文库系列丛书封面设计者崔文川。郑州年会促成了琅嬛文库的一个小团聚。

9月17日

用过早餐后，与河北的李树德教授相约去郑州高铁站，由于郑州难打的，就匆匆忙忙出宾馆拦截出租车。好不容易打上的，突然想起尚未退房，如果回去，就会耽误时间。遂给会议组织人马国兴兄打电话，告知情况。国兴兄说："你把房卡及押金单放在绿城广场地铁口附近的一个商店里，我过来拿，住宿押金我用微信发给你。"我说："不用麻烦了，住宿押金就算了。"国兴兄说："很近的，你放那儿就是。"本来组织会议就够国兴兄忙的了，没想到临走了，又给他添了麻烦。国兴兄说："只是举手之劳。"

从绿城广场到郑州东站有十二站，但坐地铁不怕堵车，九点多钟到达郑州东站。与树德兄在候车厅告别，树德兄说："我们在这儿合个影吧。"我说："好呀，在这儿合影更有意义。"遂让美菊为我们拍摄了合影，之后各自到候车区候车。十点三十五分，乘坐西安北至荣成的G1844高铁，返回泰安。给拼车公司打电话，预约了下午两点的拼车来泰安接站。

到达泰安后，转乘拼车，四点返回新泰。路上，分别给泉沟、宫里、羊流几个乡镇的《新泰村庄》编写人员打电话催稿。

到达幸福里小区，收到两件快递：浙江德清图书馆寄来二〇一八年秋季号《问红》杂志，杭州徐志摩纪念馆寄来二〇一八年第二期《太阳花》杂志。

二〇一八年九月十四日至十七日

【原载《书香郑州：第十六届全国民间读书年会文集》，马国兴、陆炳旭主编，郑州大学出版社，2019年10月出版】

读万卷书，一定要行万里路。"纸上得来终觉浅"，有些地方即使走马观花地看一下，也比从书本上所得感受要多。因而，我一直在利用各种机会行走。访友、访书、访名胜……这些年来，走了大半个中国，但还有一些地方未曾探访。因平时忙于编务，琐事缠身，一直没有制订独立的旅行计划，外出往往是因会议或其他活动促成。己亥春，受南京大学教授徐雁先生邀请，到福州参加"八闽书香行动论坛"会议，因而，便有了八闽书香之行。

福建省简称闽，明朝改路为府，福建全省八路先后改为福州、建宁、延平、邵武、兴化、泉州、漳州、汀州八府。清承明制，福建依然保持八府建制。从宋至清的九百余年间，福建在大部分时间里保持八府建制，故有"八闽"之称。

在丹桂飘香的季节，我踏上了旅途！

克虏伯大炮见证着沧海桑田

到达厦门翌日清晨，曾纪鑫来酒店接我们去胡里山炮台游览。胡里山炮台景区始建于清光绪二十年（1894年）。炮台总面积七万平方米，城堡面积一点三万平方米，分为战坪区、兵营区和后山区。

上胡里山炮台要走许多台阶，台阶两旁隔几米就有一棵榕树。累了即坐在榕树下休息，吹着凉爽的海风，特别舒服。炮台上有一棵百年大榕树，榕树的主干和上百条气根变成的树干相互纠缠，形成了一棵榕树群，真是独树成林，这是我见到的最大的一棵榕树，树荫占地约一亩的面积。榕树和北方的法国梧桐一样，木材没有太大用处，榕树树干里面大部分都是空的，树枝极易折断，只适合作风景树，在路边、房前屋后为人纳凉。我说："榕树可以独木成林，如果生长在山里，森林不都长在一块了？"曾纪鑫说："森林里并没有榕树，榕树适合生长在有人居住的地方。"或许这便是物竞天择的规律吧。

炮台上有许多在清代很先进的红夷大炮，还有世界现存原址上最古老、最大的十九世纪海岸炮——克虏伯大炮。克虏伯大炮由德国克虏伯兵工厂一八九三年生产，每尊炮价约白银八万两，克虏伯大炮口径为二百八十毫米，大炮全炮重量为八十七吨，膛线八十四条，炮长十三点九米，射程二十公里。克虏伯大炮原有两尊，现存一尊，这尊克虏伯大炮曾荣获大世界吉尼斯最佳项目奖。

九三七年九月二口，日本海军驱逐舰"羽风""若竹"等三艘舰船来犯，炮火隆隆，转眼之间，白石、胡里山炮台和曾厝垵海军机场顿时湮没在硝烟中。胡里山炮台及其他炮台开炮还击，克虏伯大炮不负使命，击中了日军驱逐舰"若竹"号，使之失去了战斗力，日军死伤二十一人，首开中国战区击伤日舰的辉煌战绩。

克虏伯大炮是可以转动发射的，曾纪鑫兄说，由于时间太久了，大炮不能转动了，后来胡里山炮台文化旅游公司与当年的生产厂家联系，没想到德国克虏伯兵工厂竟然还保存着这两尊大炮的全套资料，包括图纸，还有当时清兵在德国学习时的照片。由此可见德国人工作的认真、严谨，时隔一百多年，资料竟然完整地保存下来，这一点值得我们学习。根据那些资料，把那尊大炮拆卸清洗以后，再重新装上，这个大炮便可以重新转动了。

每天上午十点，这里都有一场表演，工作人员穿着清兵服饰，进行操练，表演红夷大炮发射的整个过程。

克虏伯大炮在当时是非常先进的，但也没有阻挡住列强的入侵。李鸿章曾说："必先富而后能强，尤必富在民生，而国本乃可益固。"保护一个国家领土的完整，靠的不仅仅是坚船利炮，还要有坚实的经济后盾做支撑，更需要一个有凝聚力的强大民族。

胡里山炮台上那尊历经百年的克虏伯大炮见证着沧海桑田，它似乎时时提醒着人们，落后就要挨打。但愿胡里山炮台上发出的炮声永远只是表演者制作的声响效果。

菩提树下听禅音

南普陀寺位于厦门市东南五老峰下，曾纪鑫兄说，寺后有五个山峰酷似老人头，因而叫五老峰，厦门大学亦在附近。该寺始建于唐朝末年，称为泗洲寺，宋治平年间改名为普照寺，明朝时期寺院荒芜，清朝康熙年间重建。因其供奉观世音菩萨，与浙江普陀山观音道场类似，又在普陀山以南，因而得名南普陀寺。

曾纪鑫兄指着寺庙前的大树说，这就是菩提树。"菩提"一词为古印度语（梵文）的音译，意思是觉悟、智慧，用以指人如梦初醒，豁然开朗，顿悟真理，达到超凡脱俗的境界。据说佛祖就是在这种树下"成道"，因而这种树便被称为菩提树。

庙前还有一个很大的种有莲藕的池塘，由于很多人前来放生，池塘内的各种鱼龟成灾，我看到放生池内一块漂浮的木板上竟有几十只乌龟，大龟上面驮着小龟，有的竟然摞几层，像是杂技表演。曾纪鑫说，因放生的人多，池塘已无法容纳更多的鱼鳖，便派人值夜，禁止在此放生，但还是有人趁着深夜把成袋的鱼龟放入池内。

南普陀寺中轴线上主要建筑有天王殿、大雄宝殿、大悲殿、藏经阁等。两旁有钟鼓楼、禅堂、客堂、库房，另有闽南佛学院，佛教养正院，寺前有放生池，寺后近年新建太虚大师纪念塔。整座寺院气势宏伟，错落有序。

南普陀寺内有一所佛教高等学府——闽南佛学院，创办于一九二五年。闽南佛学院有本科班、国际英语佛学班、研究生班。学员都是来自全国各地寺院的出家人，经过统一考试，择优录取。学员毕业后分赴各地佛学院任教，或管理寺院，或在各地佛教会任职，还有不少优秀学员远渡重洋，到欧美及东南亚等地弘扬佛法和求学深造。

寺院里前来礼佛的善男信女摩肩接踵，不时有僧人穿插其中。人虽多，但无喧哗之声。

大悲殿前的每块地板上都刻着一朵荷花，我在菩提树下休息，静静地听着蕴涵慈悲之情的佛乐，使人心底纯净，起欢喜之心，动善意之念。

每到一地，访书是必做的功课

原来每到一地，访书是必做的功课，但近年来，淘书越来越少了，也很少从网上购书了，除非一些写作需要的史料类书。关键是没地方放，也没时间读。就强制自己不进书店。

曾纪鑫兄亦是资深书虫，他说："下午我们去几家旧书店淘书。"他这一说，又勾出了我的书瘾。我们打的来到一个很窄的街道上，下车后，我看到了熟悉的晓风书屋的招牌。前些年，我主编《中国旧书店》一书时，收录了云飞先生写的专门介绍晓风书屋的文章《一间老人文书店的背影》。晓风书屋于一九八七年成立于漳州，是一间不起眼的小书屋，起名"晓风书屋"，取"拂晓之风"之意，原则是不低俗、不加价，只卖人文学术类书籍。后来晓风书屋在厦门、福州两地再建三家分店。

二〇一一年在温州，《包商时报》主编冯传友兄赠我一册张炜诗集《皈依之路》。我请传友兄在书上题跋，传友题道："二〇一一年十月赴温州参加第九届全国民间读书年会，绕道厦门，拜访曾纪鑫、谢泳二兄，得其陪同逛晓风书店，于书缝中见此书。知阿滢兄收藏作者专著，遂致电问询是否有藏，答曰无，遂购之以赠。得书后二日，十月十四日，冯传友记于温州图书馆。"

厦门的晓风书屋一再搬迁，现在的晓风书屋只有一间门面，一楼主要销售一些小饰品，只有很少的一点书。曾纪鑫兄说，二楼都是学术著作，看到又窄又高不规则的楼梯，我放弃了上去淘书的念头。

曾纪鑫说，对面有一家旧书店，找了半天，才看到用红纸写着"洪都旧书店"字样的店面，很不起眼，不专门去找很难发现。窄小的室内放满了书架，显得更加逼仄，在里面只能侧着身子走，这家书店的书价格较高，关于厦门地方文化的书很多。店主说，按照用铅笔写的价格销售，我找到一本《族谱研究》，是一本学术论文集。看了一下铅笔写的价格是一百五十元，店主说打折后，一百一十元。打开粗略翻看一下，我给她放回原处。又找到一本《太原郭氏金石注集》，郭青萍编著，二〇一四年十二月自印本。该书用繁体字排版，收录了郭子仪的庙碑铭、神道碑、墓志铭凡二十一篇，及郭有道碑一篇，并进行古文今译，辑录成集，为郭氏文化研究提供了珍贵的史料。这本书标价七十五元，打折后五十五元，收入囊中。

从洪都旧书店出来，大约西行一里，来到一个公路的拐角处，这儿便是厦门颇有名气的小渔岛书店。据说，在厦门有这样一个说法："对于真正的厦门文学爱好者、文艺者、伪文青来说，找不到小渔岛书店就不要说是厦门人。"由此可见小渔岛书店名声之大。我们过去时，老板正在门口整理旧书，曾纪鑫向他介绍我，看得出他们非常熟悉。这家书店门面较大，书也多，分类很细，每个书架上都贴着打印的标签，有的是按作家分类，比如周作人、胡适、钱钟书、丰子恺等；有的是按种类分的，比如：姓氏族谱、闽南文化、厦门党史、福建建筑等。这样给读者带来方便，不用费神浏览每个书架。

在小渔岛书店选了三本书：《民国书影》，李守义编，中国书店，二〇一〇年四月版；《福建族谱》，陈支平著，福建人民出版社，一九九六年八月版；《我读故我在》，俞晓群著，精装本，天地出版社，二〇一六年九月版。这儿价格相对便宜些。小渔岛书店给厦门本地二十名老客户每人发了一张"土著卡"，持卡可享受六五折价格优惠。我也享受到了曾纪鑫的待遇，三本书六十二元。

原来每次外出，购书回酒店后，都打包快递回家。这次很自觉，只买了几册，不用邮寄回家，可以带在身边随时阅读。

书房，心灵栖息之所

对我来说，每到一处，最好的风景就是朋友的书房。北京姜德明、上海丰一吟、南京徐雁、长沙彭国梁、海口伍立扬、西安崔文川、郑州赵长海、包头冯传友……他们的书房都留下过我的足迹。参观曾纪鑫兄的书房自然是厦门之行中最重要的环节。

曾纪鑫兄在《书与书房》一文中写道："三室一厅的房子，我将最大的一间做了书房。从地板到楼顶，柜子三层，书架六层。书柜书架摆放的多是常用书，里层竖立，外层横放。难以准确分门别类，便以丛书、文集、开本等，随意摆放。"

曾兄的书这样摆放，一个书架相当于两个半书架，这一个书房就承载了两个半书房的功能。有个书架放的全是他的书，初版本加再版本有四十多种。曾兄的作品我有许多，有他出版后赠我的，也有我购买的。与曾纪鑫兄第一次见面是二〇一一年温州的读书年会上，我们一同去乐清市的桃源书院淘书，曾纪鑫兄买了他的两部书《一个人能够走多远：曾纪鑫读史》和《千古大变局》，签名送给我。一次，在天津，罗文华兄陪我去古玩街的阿秋书屋淘书，淘到了曾纪鑫兄的《拨动历史的转盘》。后来在上海见到曾纪鑫兄，让他在书上签了名。

曾纪鑫的书不仅是在书房里，卧室及各个房间，柜子里、橱子里、桌子上……只要是能放书的地方都有书。

书架上都是里外两层放书，里面的书根本看不见，我说："你这样放书，想找一本书可就难了。"我有这种体会，我的书都是放单层的，明明知道自己有那本书，但到用得着的时候，却怎么也找不到。曾纪鑫却说："没事，什么书放在哪里我都知道。"

在他的书架上除了书籍，还摆放了许多他从各地带回来的纪念品，俄罗斯的锡制茶叶罐、蒙古的木化石、印度的木象、云南的马铃铛……他说，每到一个地方都会发现值得收藏的东西，于是就忍不住把它们带回家。他向我一一介绍这些纪念品来自哪里，我说："你这不只是书房，也是纪念品博物馆了。每一件纪念品的来历都会有一个故事，你可以写出来，专门出一本书。"

由于时间关系，参观朋友书房也就是走马观花看一下。曾纪鑫介绍了他的书和纪念品之后，我们坐下来喝茶。在闽南喝茶当然是有讲究的，我们先后品尝了几种茶叶之后，曾纪鑫兄又拿出一个外形像圆形南瓜样的东西，黑乎乎的。纪鑫兄说，这是用柚子制作的"柚茶"。我第一次见柚茶，用手机百度了一下，柚茶也叫"成功茶"，其饮用风俗流行于中国台湾、闽南、粤东一带。将柚子头部五分之一处割开，放入上等的乌龙茶，然后盖上柚子盖，用线缝合复原，挂在屋檐下通风处阴干，即成。柚茶的柚皮和茶叶已结为 体了，纪鑫兄用一个专用工具，从柚子上口剜出了一部分，放入壶中，用沸水浸泡。品尝一下，口感鲜爽，别有一番味道。

在曾纪鑫的琅嬛福地里，品着香茗，天南地北一通神聊，不知不觉天色已晚。纪鑫兄说："你再到我的创作室看看。"

曾纪鑫所住的楼房东西两头各有一个南北方向的连体楼，从他家下楼来，来到西边的连体楼上，纪鑫兄打开一个房间，这是他的另一套房子，也是他的创作室，整个室内的大部分空间又被他的书占据着。书架上的书也同样是分里外两层存放，这两处的藏书加起来，有两三万册。

创作室内陈设很简单，除了书架外，靠窗的地方有一张小床，工作累了，可以随时躺下休息。曾纪鑫说："我不仅看书、写作在书房，有时连睡觉也是。我认为人生最惬意的事情，就是躺在床上闲散地阅读，自然放松，不带任何功利色彩。"

床边是他的工作台，另有一个茶台和一个沙发。我想，他的大部分作品都是在这里创作的吧！

书房，是读书人的心灵栖息之所。在寺庙，可以使人的心底更加纯净；在书房，既能让人沉淀心灵、放松身心，又可让人思绪万千、纵横天下。曾纪鑫在《书房：一个存放理想的地方》一文中说："书房于我而言，是一方修身养性的净土，在享受他人劳动成果的同时，也尽可能地激发自己的潜能，努力创作。"

二〇一九年九月二十九日至十月四日于琅嬛书院

【原载 2019 年第 4 期《新泰文史》】

　　成都是我向往已久的地方，去成都最大的诱因是想念这儿的师友。多年前，朱晓剑主编《成都客》杂志时，约我写过一篇《情重锦官城》，但一直未曾去过成都。二〇二〇年十月，第十八届全国民间读书年会在成都举办，我终于得以成行。

　　成都是文化城市，因而这儿的朋友特别多。有些朋友多次见面，也有相交十几年的，却缘悭一面。

　　朱晓剑是见面最多的朋友，他是寓居成都的安徽人，职业作家。他也是民间读书年会的积极分子，每年都能在年会上见到他的身影。二〇一四年，晓剑兄还曾专门来到新泰参加了我的五十岁生日宴。晓剑兄是多产作家，同时开着几个专栏，而且每年都有新作问世，他先后出版了《元朝的故事》《写在书边上》《舌尖风流》《天天见面》《小马过河》《书式生活》等著作，单是写我的文章就有七八篇。细数我的朋友中最能写的，一个是他，另一个是深圳《宝安日报》副刊主编王国华，他们都让我十分钦佩。

　　朱晓剑是有公心之人，他为出版社组编了多套丛书，一般组稿者专编名家大腕的书，这样的书，印数多，利润大，出版社喜欢。而朱晓剑则是为中青年作家编书，朱晓剑为天地出版社组编的"读书风景文丛"、为中国青年出版社组编的"寻味书系"等，都是中青年作家作品，把许多中青年作家的书推向了市场。

晓剑参加年会次数多，人又热心，因而，有几个城市承办读书年会时提前请他去帮忙筹备。在成都举办年会，他则是主人，帮着东道主毛边书局的傅"局长"忙里忙外，招呼来自各地的师友，连坐下来聊天的时间都没有了。

四川省作协副主席伍立杨是我这次成都之行十分想见的朋友，他原在海南日报社工作时，我们曾多次见面，前些年我和朋友在海南投资一个橡胶园，每年都去海南一次，每次都到立杨兄的浮沤堂小坐，与立杨兄品茗聊天。立杨兄由写作转向绘画后，曾送我他的一本花鸟册页。后来，伍立杨调任四川任省作协副主席后，就没再见面。立杨兄是热心人，二〇一八年春，他发信息说，四川广汉市作协主席陈修元到了泰安，让我务必约他到新泰一叙。遂加陈修元先生微信，第二天约他来新泰做客。陈修元是来泰安送女儿出嫁的，来到新泰后说："伍立杨知道我到泰安送女儿，就跟我说，到了泰安一定要去见阿滢。"这次在成都的几天，立杨兄正好会议冲突，未能晤面，颇感遗憾。

学者、出版家龚明德先生对我帮助很大，本世纪初，他在四川文艺出版社工作，我则负责《泰山周刊》的编务，我们开始鱼雁往还，他每有新书出版都寄赠于我，我在报纸副刊开设了"泰山书院"专栏，专门刊发书话，龚明德老师不遗余力地推荐给各地作家学者，因而，《泰山周刊》文化版的作者都是全国一流的大腕作家。报纸每期都寄赠各地知名作家、学者，季羡林、杨绛、朱金顺、范用、张中行、陈原、舒乙、周而复、周海婴、刘绪源、李济生、贾植芳、黄裳、车辐、张放、舒芜、丁聪、韩羽、刘白羽等文学界前辈都在寄赠之列。

二战时期曾经采访过马歇尔将军的老记者，九十二岁高龄的车辐先生还给我投稿，他在信中写道："《泰山周刊》及大示收到。龚明德兄之命'与你们联系'，敢不从命？随即找出两篇寄上，请予改正，刊用。"

龚明德在给内蒙古电视台张阿泉的一封信中说："我从今年起想在地市甚至县级的报上弄出一批高雅的书香版面，为'书爱家'的成长提供遍布全国各地的温床，阿滢兄早就这样干了，而且成绩可观。他的《泰山书院》可品可存，我是每期都剪存的。"

当我的与各地作家学者交往的书话类日记集《秋缘斋书事》出版时，请龚明德先生作序，他在序中给予了高度评价："给《秋缘斋书事》做一个详尽的人名索引，会发现这一年的阿滢所经所经历的'书事'是'国家级别'的交往——他录及的书人几乎全是当今在中国有品位的书界活跃着的书人，他录及的书事也几乎全是当今中国有品位的书界生动着的书事。"

在我的印象里，龚明德是一位爱较真的人，他曾为《新华字典》找错误，每找到一处错误，就写一篇文章，先后写了十几篇。因为搞《〈围城〉汇校本》，还惹了一场官司。不熟悉他的人会觉得他是怒目的金刚，见到他时却是一副笑弥勒的形象。这次，我们到金堂县参加"纪念流沙河先生九十诞辰"活动，在玉皇养生谷吃过晚饭，我与夫人崔美菊，连同龚明德夫妇，由湖北出版家黄成勇驾车返回成都。一路上，龚明德与夫人及黄成勇相互调侃，诙谐幽默。龚明德对我夫人崔美菊说："我和阿滢是异父异母的亲兄弟，我们是几十年的兄弟了。"完全颠覆了我心中那种"怒发冲冠"的形象。

来成都走走，见到许多的朋友是多么开心的一件事。然而，一些朋友却又永远地离开我了，我感受成都的风，寻找他们的气息，内心无比忧伤。

吴鸿已经走了。二〇一七年夏，吴鸿在克罗地亚突发病症离世，年仅五十三岁。吴鸿兄英年早逝，令人悲痛。

来到成都，不由想起我与吴鸿初次相见的情形。二〇〇九年四月二十五日，第十九届全国图书交易博览会在济南开幕，我与吴鸿相约在书博会上见面。那次书博会上人山人海，人都是被簇拥着不由自主地往前走，根本没法仔细看书。吴鸿给我发信息说："我给你带来了几本书，怎么交给你？"我告诉他，我在书博会场二楼。他说，他已经出了会场，在公路边等我。我忙下楼去，问他在哪儿，他说自己也分不清东西南北了，在几个彩虹门前面。我和司机从东门出来，没有发现彩虹门，又转到南门，见有几个彩虹门。由于与吴鸿兄一直没有见过面，我又给他打电话，想只要有接电话的就是他了，结果门前好多人都在接电话，我又问他穿什么颜色的衣服，他说，穿一件红色T恤衫。原来就在我的身边。像地下党一样，终于接上头了。他给我带来了他主持出版的《夜航船》、流沙河的《含笑录》等书，其中王蒙的《老子的帮助》还有他请王蒙为我签名。

我和吴鸿的交往也是缘于书，他曾在博客上写过一段话："明德老师送我他作序的阿滢的《秋缘斋书事》，书写得有趣，是作者的书人书事的随记文字，真实生动。看后想想我自己，也有很多值得一记的事。其实无论是明德师还是冉云飞兄都在不时地提醒我，希望我把自己的交

184

游记录下来。云飞还说，把记日记当成送给女儿的礼物，等女儿长大了，知道当年的老爸在做什么，在跟什么人交往，等等，听后也觉得十分在理，就想试试吧。今仿阿滢《秋缘斋书事》之例，先记一则。"之后，我们有了书信往来。相互寄书。后来，他出任天地出版社副社长，为我出版了朱晓剑兄组编的《秋缘斋读书记》，以及我主编的《我的中学时代》。由于我的《秋缘斋书事》中多次提到吴鸿，朱晓剑在《天心月圆：吴鸿先生纪念集》中，还专门写了一篇《秋缘斋书事中的吴鸿》。

我敬仰的老诗人流沙河先生也走了，但他的诗在，他的书法在，他的传承在。我与流沙河先生的交往也是龚明德老师的引荐。我托龚明德老师请流沙河为《泰山周刊》的"泰山书院"版题写了栏目名，后来，《泰山书院》从报纸中独立出来，成了一份读书杂志，都是用的流沙河先生的题签，流沙河先生对他题写的"泰山书院"几个字也颇感满意。一次，他在接受龚明德采访时说："还有你介绍我的《泰山书院》，我给他们写了刊头。这四个字写得稳当。我自己就从刊物上剪下来保存。真正的读书人都不喜欢张扬，这些主持民办读书类报刊的人就是这样的读书人。"

一次，浏览龚明德老师的博客，看到深圳书话家胡洪侠与龚明德、冉云飞一起去拜见了流沙河先生，龚明德上传了多幅图片，其中流沙河先生正拿着《秋缘斋书事》与他们交谈，图片说明写着"流沙河与大家畅谈阿滢新著"。

我的《秋缘斋书事》，封面、扉页，连同四个辑封都分别请人题签，先后请了黄裳、来新夏、谷林、文洁若、丰一吟等许多老先生题签，我给流沙河先生写信，请他题写，很快就收到了他寄来的两幅题签，并附信说："遵嘱奉上大作封面字二件，一繁一简，繁字放在扉页，简字放在封面，以免出版社打麻烦……"

在成都召开的全国民间读书年会上，流沙河夫人吴茂华也参加了。她问我："明天在流沙河的老家金堂县举办'纪念流沙河先生九十诞辰'活动，你能去参加吗？"我说："流沙河先生对我帮助很大，一直是我敬仰的人，我一定会去的。"第二天，我放弃了读书年会组委会安排的旅游项目，坐上大巴车，去金堂县图书馆参加了流沙河先生九十诞辰纪念活动。在座谈会现场，我突然想起流沙河先生去世时，有报纸发表过一篇文章，题目是《纪念流沙河，就去读他的书吧》，秋缘斋里藏有多部流沙河先生的著作，有的已经通读，也有的还没来得及去读。当时就想，回去后，就让我去认真地读先生的书，来缅怀这位诗人吧！吴茂华女史出版了《草木之秋：流沙河近年实录》，记录了她和流沙河先生的真实生活，感人至深。打开书，仿佛流沙河先生就坐在眼前，在说着话。我不忘为谷雨兄求一本签名书，他是流沙河先生的忠实粉丝，他一定喜欢这本书。

在成都匆匆几天时间，还有许多朋友没有见到，或许是给我留下一个下次再去成都的借口吧。成都，我一定会再去的。

二〇二〇年十一月十八日于琅嬛书院

【原载《新泰文史》第 1 辑（2021）】

浙东访学之旅

——海上读书会散记

1

二〇二三年六月，在天津举办的第二十届全国民间读书年会上，年会的发起人之一蔡玉洗博士宣布全国民间读书年会停办。这个一年一度的全国民间读书年会，没有组织者，没有经费，却从二〇〇三年开始，每年在一个城市举办，坚持了二十年时间，真是一个奇迹。

每次年会将要结束的时候，也是最紧张的时刻，往往有几个城市申办下一届年会。申办者提出种种申办理由及方式，由大家表决。竞争异常激烈，有时争得面红耳赤，各不相让，那场面让人既激动又兴奋。二十届年会我参加了九届，每年通过年会集中地与各地的师友见面交流，受益匪浅。突然宣布停办，让人颇感遗憾。读书年会虽然停办，但也是一个新的开始，也就是说，以后如果有想继续承办读书年会的也不用申办了，不一定一年一次，也可以一年几次，只要有实力、有能力组织即可。那么，谁会再次举起读书年会的大旗呢？这让人充满了期待。

元旦过后不久，浙江舟山方交良兄发来信息："今年三月底，或者四月中旬，将在浙江舟山群岛举办海上读书会，到时邀请函发你。"终于等来佳音，方交良率先承办读书会是一个好的开端。

2

三月份，方交良发来《关于举办海上读书会的邀请函》："面朝大海，春暖花开。在人间最美四月天，我们想举办一期'海上读书会'。既是对举办了二十年全国民间读书年会的延续，也是对继往开来新二十年的期盼。大海孕育生命，包容万物；东海西海，融通四海。读书就是开民智、广胸怀。我们拟于四月十九日至二十一日在美丽的舟山群岛举办海上书友会。主题：'观海读诗书，佛国听禅音'。"

收到邀请函，便上网查阅车次，有济南至宁波的高铁，但到达宁波的时间是晚上九点，从宁波到舟山还有两个小时的路程，乘坐高铁到宁波后，没法当日赶到舟山。再查普通火车，有济南至宁波的特快列车，可在下午六点十八分从泰山站乘车，第二天早晨九点零四分到达宁波。这个时间比较合适，遂让儿子订了两张软卧车票。

四月十八日，拼车司机来接我们至泰山站，乘坐 T135 特快列车前往宁波，踏上了浙东访学之旅。

翌日上午，火车到达宁波车站。原计划先去天一阁，天一阁建于明嘉靖年间，原为明兵部右侍郎范钦的藏书处，是我国现存历史最悠久的私家藏书楼，也是世界上最古老的三大家族图书馆之一。一九九四年，宁波市博物馆并入天一阁，改名为"宁波市天一阁博物馆"。本来天一阁只是文化人心目中的圣地，随着余秋雨《文化苦旅》的畅销，天一阁进入了大众的视野。二〇〇九年，天一阁给我来函征集作品。后来，去宁波参加中国阅读学研究会的一个会议，也顺便拜谒了天一阁。

不久前，我给天一阁寄去了我主编的《新邑郭氏族谱》和我协助编修的《新蒙李氏族谱》，并与天一阁负责族谱征集的应芳舟兄说起"海上读书会"之事，约定读书会前先去天一阁相聚，顺便取回收藏证书。临行前应芳舟发来信息，他有个重要的会议，需要离开两天时间，约我舟山会议结束后，再去天一阁见面，但我也已定好会后去慈溪的行程，去天一阁的计划只能取消了。

到达宁波后，按通知路线，乘坐大巴车直接去了舟山市普陀区朱家尖蜈蚣峙码头。郑州某高校教师赵志庸发微信说，他也在去朱家尖的大巴车上，估计比我先到朱家尖，邀我一同去报到。路上，跨海大桥一座接着一座，行驶两小时来到朱家尖。与赵志庸会面后，赵志庸赠予我二〇二三年第五期《书屋》，其中他的作品《徐志摩与闻一多》，是杭州徐志摩纪念馆馆长罗烈洪兄看到这篇文章后，才介绍他参加会议，他是第一次参加这种活动。我们一起打的去朱家尖风景区金沙度假村报到。进入酒店大门，遇到浙江省人民政府原副秘书长朱绍平兄，他马上回房间拿出给我带来的一幅他装裱了的书法作品。

度假村临海而建，打开窗帘，眼前便是大海。听着大海的涛声，看着怡人的景致，吹着清新的海风，顿觉心旷神怡。

下午有个可自由参加的活动，在浙江海洋大学图书馆举办浙江工业大学义学院教授子张兄的《请向黎明借道光：1924 泰戈尔中国行》新书发布会。由于在宁波车站走了太多的路，有些累了，遂在房间休息。

五点钟，会议主办者方交良又安排去沈家门夜排档就餐。酒店里挂了一个条幅："海上读书会　喝酒似神仙"，这在官方会议上是看不到的。与会者大都是久未见面的老友，大家相互串桌，觥筹交错，场面热烈。

3

四月二十日上午九点，海上读书会正式开始，来自全国各地的五十余位作家、藏书家参加了会议，其中还有一位来自新加坡的芊华女士。

和以往的读书年会一样，每次都可以得到许多书。其中有东道主方交良主编的《一脉相承六桂香：方公定发百岁诞辰纪念诗联集》《联赠民间读书年会师友》《海天书声》书画集、《情系橄榄树：第四届三毛散文奖获奖作品选》，济南自牧主编的《日记杂志》总第七十二期、七十四期，浙江慈溪上林书社主编的《溪上书香》第一至三集和励双杰的长篇小说《秘色》，浙江嘉善分湖书社主编的《分湖》总第十三期，还有西安藏书票设计专家崔文川先生为海上读书会设计的两枚藏书票。

《联赠民间读书年会师友》作为"海上读书会文丛之二"推出，系广东东莞藏书家徐玉福兄撰写的曾经参加过全国民间读书年会的部分书友介绍及他为每人撰写的赠联，其中对我的介绍这样写道："新泰秋缘斋主阿滢，原名郭伟，又号平阳子，其'秋缘斋博客是公认的中国知名度最高的、人气最旺的读书博客之一'，创办《农村科技导刊》《泰山周刊》《泰山书院》《新泰文史》等报刊，主编琅嬛文库丛书，著有《书缘》《寻找精神家园》《秋缘斋读书记》《九月书窗》《放牧心灵》《那一树藤萝花》《秋缘斋书事》一至六编，参加第三、六、九、十一、十二、十三、十五、十六、十七、十八届全国民间读书年会。赠联云：'神气溢阿堵，冰心逾滢湖。'又云：'传神阿堵挥椽笔，似镜滢湖鉴我心。'"

会议给每人都留了发言的机会。包头作家、藏书家冯传友兄讲，准备八月份在包头举办草原读书会；来自西安的刘瑞琦先生说，他想在他所寓居的云南西双版纳搞一次读书会。大家都踊跃发言，气氛热烈，直到十二点多才结束会议。

4

会议主办方组织大家去位于舟山市定海区小沙镇陈家村的三毛祖居参观。三毛祖居是台湾女作家三毛的祖父在民国年间建造的，属于四合院式砖木结构建筑，坐西朝东，现有正屋五间、南北厢房各三间、天井及围墙等建筑。三毛祖居分为"传奇一生""文学世界""小情大爱""吾心吾乡""万水千山""家国赤诚"六大展区，陈列着三毛的遗物、各个版本的作品、各个时期的照片，以及中外人士缅怀三毛的文章。

三毛祖居的院子里正好在举行一场讲座，由无锡作家黑陶作"我理解的散文"的演讲。我坐下听了一半，受益匪浅。讲座结束后与他聊天，我熟悉的无锡作家陆阳、郜峰等，也都是他的朋友，遂约他有机会去山东做客。

北厢房外挂着一幅三毛骑自行车的巨幅照片，那是一九八九年四月，三毛回小沙扫墓时所拍。听工作人员讲，三毛在一片农田边散步，看到路边停着一辆在田里干活农民的自行车，三毛很是兴奋，就骑上去跑了一段路，被随行人员抓拍下来。三毛骑自行车满带笑容的样子，就像一位清纯的中学生。三毛祖居门口也陈放着一辆与三毛所骑的同样的自行车。

三毛的著作《撒哈拉的故事》《哭泣的骆驼》《稻草人手记》《温柔的夜》等在二十世纪七八十年代曾风靡海峡两岸。三毛在历经挫折后，终于没能挣脱命运的羁绊，在四十八岁时自杀身亡。

三毛说："我唯一锲而不舍，愿意以自己的生命去努力的，只不过是保守我个人的心怀意念，在我有生之年，做一个真诚的人，不放弃对生活的热爱和执着，在有限的时空里，过无限广大的日子。"

小沙人民没有忘记这位优秀的游子，以三毛祖居为基础，建立三毛散文创作基地、三毛散文奖展陈馆、三毛文化公园、三毛书屋、三毛作家林、三毛纪念馆、三毛书吧等，还设立了三毛文学节，三毛散文奖也已举办四届。三毛走了，但她的生命在家乡得到了延续……

离开三毛祖居后，由三毛作词的《橄榄树》的旋律一直在耳边回荡。

5

普陀山是中国佛教四大名山之一、著名的观音道场，素有海天佛国、南海圣境之称。来到舟山，最应该去的地方就是普陀山。但看视频，由于近日雾大，去普陀山的轮渡时常停航，每日有几十万的善男信女及游客。而且，在普陀山没有的士，全靠走路，还有许多台阶，因而，我没有跟大家去普陀山，而是去拜谒了观音法界。

观音菩萨在人们的心目中，一直是人们的守护神。在我家乡的新甫山上有一座巨石，其造型酷似观音，人称天成观音，因而，新甫山被誉为"观音胜境、北方普陀"。

舟山的观音法界自二〇一五年正式开工，斥资数十亿元，历时五年竣工。作为观音文化园的核心，观音法界建筑面积约二十八万平方米。

其中观音圣坛的高度整个观音法界的观音圣坛建筑数据具有特殊意义，主体建筑一共九层，占地面积五十五亩，建筑高度达到九十一点九米，代表了观音的出家日；建筑总体量六万一千九百平方米，代表了观音的成道日；圣坛广场直径为二百一十九米，代表了观音菩萨的生日。

观音圣坛的设计理念就是"圣坛即观音，观音纳须弥"，是目前世界上唯一将佛教造像原型作为建筑形态意象的佛教建筑，观音圣坛的外观就是一尊端坐的观音像，上面有三十三瓣莲花，对应的就是观音菩萨的三十三应身，观音菩萨端坐在这莲花之上，宏大庄严，便是"圣坛即观音"。观音圣坛这座圆形的建筑有四十八道门，代表了佛教当中的四十八愿。内部构造是一个巨大的穹顶，是世界佛教建筑当中规模最大的，打造成了须弥山的样子，须弥山在古印度神话当中是诸山之王，是一座神山，是世界的中心，便是"观音纳须弥"。

拜了家乡的观音，再到舟山观音法界参拜，自然有不同的感受。在《心经》里，菩萨情真意切地对众生说："揭谛，揭谛，婆罗揭谛，婆罗僧揭谛，菩提萨婆诃！"意思是："去吧，去吧，和众生一起到生命彼岸。完全到达彼岸的人，才是真正领悟生命智慧的人。"只有彻底领悟了生命的本质，将未来的命运掌握在自己手里，勇敢面对并积极地追逐自己的目标，必将到达幸福彼岸。

6

二〇〇九年，曾与南京大学徐雁教授、南通大学陈学勇教授等一块去慈溪，参加上林书社的一个座谈会，结识了童银舫、励双杰、胡遐、王孙荣等慈溪文化界的朋友，并拜访了有中国民间族谱收藏第一人之称的励双杰的思绥草堂。

这次江南访学之旅，有幸与西安藏书票设计专家崔文川，慈溪方志学家、《慈溪市志》副总编童银舫二兄，随励双杰兄的车子再去慈溪，对搬家后的思绥草堂充满了期待。这些年来，一直致力于族谱的收藏与研究，参与了多个家族的族谱编修工作，并当选为山东省家谱学会常务理事。近日还要召开山东郭氏文化研究会的文化挖掘座谈会，看看能否在思绥草堂有新的发现。

原来的思绥草堂在沿河边上一座三层楼房里，后来又加盖了一层。随着城市的扩展，房屋拆迁，回迁楼尚未建好，社区把他的藏品安置在一栋住宅楼的二层。

思绥草堂匾额分别由已故南开大学教授来新夏先生、哈佛大学哈佛燕京图书馆善本室主任沈津先生题写。进门的一间房子里有一套《泰和康氏左右两派族谱》，民国三十五年（1946 年）木活字本，二十二册。这套族谱有一人多高，很多来参观的人都靠着这套族谱拍照，并戏称为"靠谱"。我也在这摞族谱前与励双杰兄合影，也成为"靠谱"之人。

突然发现，在这摞族谱后面书架上有一套我主编的《新邑郭氏族谱》，族谱能够在思绥草堂有一席之地，是让人感到自豪的事情。

励双杰兄拿出一套明代编修族谱给我看，编印均好。双杰兄说："山东的族谱编得最差，大部分只有人名，没有人物介绍，如果遇到重名的，又不知多少世，就很难区分。"我翻阅其它族谱，果然都有人物介绍。双杰指着屋角的一个木箱说，那是他主修的《励氏族谱》。拿出几本给我看，宣纸印刷，线装本，印制相当精美。

他藏有许多名人家谱，比如毛泽东、彭德怀、袁世凯、习近平等人的家谱都有收藏。广西师范大学出版社已给他出版了《思绥草堂藏稀见名人家谱汇刊》六辑一百八十六册。

由于房子面积只有三百多平方米，他的族谱根本展不开，里面房间里的族谱大都是打包堆放。本来想找山东的《郭氏族谱》看一下，但能够展示出来的族谱很少，没法查找。

如果有时间在这里住上一年半载的，仔细研读一下双杰兄的藏谱，一定大有收获。

7

在思绥草堂里看了一会儿族谱，便在茶桌前品茗闲聊，说到藏书的问题，崔文川兄说："以后我要开一家书店，只卖书，不进书，把自己的藏书卖完，也就完了。"

藏书的去向，一直是困扰爱书人的问题。多年前在温州，我与长沙资深编辑、藏书家萧金鉴先生聊天，他的藏书颇丰，家里放不下，就在外面租了一套房子存放藏书，每次与他外出，都见他成捆地往回扛书。我问他："你孩子喜欢书吗？"他说："不喜欢。"我说："你的书，以后怎么办呢？"他说："留给我的孙子。"问他孙子多大，他说九岁。我没有再继续这个话题，那也是我们最后一次见面，不久他便病逝了。至于他的藏书的去向，也不得而知了。

恰巧，在海上读书会微信群里看到了广东汕头林伟光兄写的《海上读书会所感》，文中写道："书多为累，而散书更难。书为我有，却只是暂时的，随着年龄的渐增，最后的散书乃是必然的，这些书的归宿，当然愁煞了人。不过，我也看开了，并不执着于此，该怎么就怎么，只好不去想了，身后事谁管得。"

我对励双杰说："你不用担心你这些族谱的去处了，你后继有人呀。"他的儿子复旦大学古籍专业毕业后，在浙江大学图书馆古籍善本室工作。父子兴趣相同，藏品自然可以传承下去。

藏书家一生的心血，往往有两种去处，一是捐了，二是被后人当做废纸卖掉。巴金先生捐赠给图书馆的藏书，还有的流落到地摊上。这说明，捐书也是不靠谱的。

六十岁生日过后，我也在考虑几万册藏书的去向，我的书都是从全国各地的书店及旧书市场淘来，以及各地友人赠送，也是费了我大半生的心血。当时有人写文章说我是疯狂购书，近几年，基本不买书了，一是没时间读，二是没地方放。有时就想，如果有某个高校、单位或者收藏家需要，我可一次性转让给他们，这些年的心血不至于分散。

一切随缘吧！

8

四月二十三日，结束了近一周的浙东访学之旅，在雨中返回寓所。

午休后，来到编辑部。这儿已积累了一大堆邮件：蒲松龄纪念馆寄来二〇二四年第一期《蒲松龄研究》；江西进贤县邹农耕寄来二〇二三年《文笔》夏之卷；浙江天一阁应芳舟兄寄来《新邑郭氏族谱》和《新蒙李氏族谱》收藏证书，并另赠《天一阁画史》和《讲解天一阁》两本书；华立公司寄来《鳌阳随笔》和《回首岁月》书稿；我从慈溪寄回的一包书也已收到。

琅嬛书院的空间又缩小了一些……

二〇二四年四月二十五日于琅嬛书院

【原载 2024 年 5 月 18 日《泰安日报·今日新泰》】